Carl Theodor Schulz

Woher kommen die kleinen Kinder?

Eine freimütige Schrift

Carl Theodor Schulz
Woher kommen die kleinen Kinder?
Eine freimütige Schrift

ISBN/EAN: 9783743459885

Hergestellt in Europa, USA, Kanada, Australien, Japan

Cover: Foto ©Andreas Hilbeck / pixelio.de

Manufactured and distributed by brebook publishing software (www.brebook.com)

Carl Theodor Schulz

Woher kommen die kleinen Kinder?

Karl Theodor Schulz=Dresden.

Woher kommen die kleinen Kinder?

Eine freimütige Schrift.

Zweite Auflage.

Berlin
Schuster & Loeffler.
1896.

Vorwort zur ersten Auflage.

Motto:
„Es giebt nur eine Sittlichkeit, das ist die Wahrheit und nur eine Unsittlichkeit, das ist die Lüge."

Die Kinderfrage: „Woher kommen die kleinen Kinder?" ist seit ewigen Zeiten an Eltern gerichtet worden und wird in immer gleich naiver Unbefangenheit auch stets an sie gestellt werden. Auf das Wachs der Kindesseele übt gar vieles einen weit tieferen und viel nachhaltigeren Eindruck aus als auf Erwachsene; so auch häufig die nun einmal nicht zu umgehende Antwort auf jene Frage. Soll man sich nun bei ihr, in der wohlwollenden Absicht zunächst abzulenken, von der Wahrheit, wie gewöhnlich geschieht, möglichst weit entfernen oder sich ihr nähern, d. h. auf den wahren Sachverhalt vorbereiten? Der Gedanke, daß Letzteres unbedingt den Vorzug verdiene, hat mich viel beschäftigt. Ich schrieb in diesem Sinne einige beispielgebende Stimmungsbilder und schickte sie an eine Reihe von Zeitschriften. Sie schienen allen zu gefallen, aber keine derselben wagte recht, eine solche doch Manchen mißliebige Kost den Lesern zu bieten.

Endlich fand ich bei der Schriftleitung der „Dresdener Frauenzeitung", der bekannten und gewiß auch schon beliebten Dichterin Adelaide von Gottberg-Herzog, nicht nur das nötige Verständniß, sondern auch die Bereitwilligkeit zur Aufnahme in die Zeitung. Von dieser Schriftstellerin veranlaßt, schrieb ich dann meinen ersten in No. 5. 1892 veröffentlichten Aufsatz über diese Frage. Er hatte eine Anzahl beistimmender und gegnerischer, zum Theil auch in der „Dr. F. Ztg." veröffentlichter Aeußerungen zur Folge. In der Meinung nun, daß Nichts so überzeuge als die Widerlegung gegnerischer Ansichten, und daß die briefliche Form von Rede und Gegenrede gerade die packendste sei, gebe ich, allerdings mit Kürzungen, das ganze Material, wie es von Nr. 5 bis 11, Jahrgang 5, die „Dr. F. Ztg." bietet, in diesem Buche wieder und füge ihm in den Abschnitten II, IV VIII, die etwa die Hälfte des Ganzen ausmachen, noch neue Ausführungen meinerseits, und zwar vornehmlich in Form der Entgegnung und Widerlegung von Einwänden, hinzu. Mag die letztere den Lesern auch nicht erschöpfend genug erscheinen; (denn um erschöpfend zu sein, müßte ich den mir gesetzten und abgegrenzten Raum weit überschreiten) mehr oder wenig überzeugen aber wird sie doch. So sehe ich denn mit Spannung, aber in dem sichren Gefühl einer guten Sache zu dienen, dem Eindruck eines wohl ganz eigenartigen Werkchens entgegen, dessen Zustandekommen ich zum guten Theil danke: der vorurteilsfreien und muthigen Bereitwilligkeit der Schriftleitung und der gütigen Erlaubniß des Herrn Verlegers der „Dresdener Frauenzeitung", das darin erschienene Material zu benutzen.

Daß die von der Zeitung eingeschlagene frauenbildende Richtung ihr zum Heil gereiche, wünscht

Dresden u. Berlin, im Juli 1892.

Der Verfasser.*)

---

*) Zwecks Vertiefung dieser pädagogisch und social so wichtigen Frage sind gegnerische wie beistimmende Aeußerungen der Leser dem Verfasser sehr erwünscht.

Vorwort zur zweiten Auflage.

Das Erscheinen der neuen, ziemlich plötzlich zustande gekommenen Auflage fällt in eine Zeit großer Beschäftigtheit meinerseits. Zwei neue Bücher harren der Fertigstellung: „Wider die eheliche Pflicht" und die hier angezeigten Lebens= und Stimmungsbilder. Ich kann daher leider diese neue Auflage nicht, wie ich sonst doch gern gethan hätte, durch Zusätze vermehren. Vielleicht ruft sie, wie die erste, unter den Lesern, besonders den weiblichen, noch einige schriftliche Äußerungen hervor, die sich später dann noch verwerten lassen.

Berlin, im Mai 1896.

Der Verfasser.

I.

Varnhagen von Ense erzählt in einer Biographie von der geistreichen Sophie Charlotte, der ersten Preußenkönigin, sie habe in einer Abendgesellschaft die Frage über den sozialen Zwecke der Ehe zum Gegenstand des Gesprächs mit gelehrten Männern gemacht. So gesund war die damalige Gesellschaft, daß dies keinerlei Aufsehen oder gar Anstoß in ihr erregte. Schleiermacher ferner unterhielt sich oft und auf's Ernsteste mit der nicht minder geistvollen Rahel, der Gattin Varnhagens, über die Ursachen der von Naturmenschen nicht gekannten Schamhaftigkeit. Goethe in den „Wahlverwandtschaften", im „Wilh. Meister", Zschokke in seinen bekannten Novellen („Das blaue Wunder"), wie G. Keller („Romeo und Julia auf dem Dorfe"), und sogar der keusche H. von Kleist („Erdbeben von Chili", „Marquise von O.") haben sexuelle Verhältnisse in der freiesten Weise, d. h. nicht in jener andeutenden, halb verhüllenden und eben deshalb reizenden und berauschenden Art gewisser Salon-Romane, behandelt. Sie haben damit ähnlich verfahren wie der wahre Muth, der darin besteht, daß man nicht stets um die Gefahr herum zu gehen und sie zu fliehen trachtet, sondern ihr fest und muthig in's Gesicht sieht und sie dadurch zu überwinden trachtet. Daher regen ihre Schriften nicht sowohl auf, als vielmehr klären sie auf, machen sicher, ja stimmen vielfach ernst und feierlich. Sie zeigen uns die Macht und Größe eines

Naturgesetzes, dem wir alle unterworfen sind, d. h. — Ausnahmen gern zugegeben — sie wirken sittlich auf den Leser. Das Leben selbst bestätigt auch oft die Richtigkeit der Lehre von der entreizenden Kraft der Nichtverhüllungstheorie. Was z. B. ist fast immer ein sicheres Zeichen eines reinen Gemüths? Wenn Jemand sicher, ohne Verlegenheit oder Behagensempfindungen, über so ernste Fragen wie diese, zu Personen anderen Geschlechts sprechen kann.

Die Ansicht von der Verderblichkeit der alten Verhüllungsmethode bricht sich denn mehr und mehr Bahn auch in der Erziehungskunst. Dr. H. Göring, Leiter der „Neuen deutschen Schule", bekundete mir persönlich seine Freude darüber, daß ich seinen Haß gegen den hergebrachten Zopf der Vertuschung und Täuschung in Bezug auf das Natürlich=Menschliche, Kindern gegenüber, mit ihm theile. Er fordert in seinem bahnbrechenden Buche: Die „Neue deutsche Schule", Leipzig 1890, stufenmäßige, der Entwickelung angemessene Aufklärung der Kinder über alle physischen Naturgesetze, also auch die der Entstehung des Menschen. Es bilde dieselbe im Allgemeinen nicht nur keine Gefahr für die Sittlichkeit, sondern im Gegentheil, es fördere sie. Ich habe dies als Knabe auch selbst erfahren. Mein Religionslehrer, ein etwas nüchtern und rationalistisch gearteter Pfarrer, klärte uns Schüler in einer, seiner verstandsmäßigen Natur entsprechenden Weise über die physische Seite der Ehe auf, dabei den Standpunkt der Nothwendigkeit einnehmend. Es kam das bei ihm so kühl prosaisch, etwa nach der Formel: „Was kann da weiter sein?" heraus, daß Keiner von uns irgend etwas Pikantes, was zum Lachen oder Kichern hätte Anreiz geben können, darin fand. Diesen aber hätten wir wohl noch weniger gefunden, würde er's verstanden haben, seiner Auseinandersetzung einen feierlichen Charakter zu geben. Den gerade in dieser Beziehung so gefährlichen Cynismus, von dem selbst, oder vielmehr gerade Aerzte bei ihrer einseitig rationalistischen Auffassung so oft erfüllt sind, bannt die Feierlichkeit am besten. Schon Jean Paul befürwortet sie in der Erziehung.

Man muß nun freilich zugestehen, daß für sie der natürlich-leichte, sanguinische Sinn der Kinder nicht sonderlich empfänglich ist, und daß auch nur wenige Eltern ihren Ton finden. Wo's aber thunlich ist, sollte man die nüchterne, weil rein gesetzhafte Seite der Sache, verquicken mit diesem Moment des Feierlichen. Es ist stimmunggebend, und die Stimmung beeinflußt die Auffassung, auf die gewöhnlich das Meiste ankommt. Sie bedeutet für's Leben, was Licht und Schatten für die Landschaft. Sind wir schmerzlich gestimmt, wie viel milder beurtheilen wir dann And'rer Vergehen! Eine die rechte Stimmung gebende äußere Gelegenheit, oder umgekehrt, eine Gelegenheit gebende Stimmung der Kinder fasse man nun auf, um ihnen die nie abzuweisende Frage: „Woher kommen die kleinen Kinder?" im Sinne des wahren Sachverhaltes zu beantworten.

Welches etwa ein geeigneter Anlaß dazu sein könnte, das wollen meine folgenden drei Lebensbilder darthun, deren erstes Mosaik-Arbeit aus Wirklichkeit und Dichtung ist, deren zweites auf eigenster innerer Anschauung beruht, welche für alle die Wärme des Selbsterlebten haben wird. Einen anderen Anlaß könnte auch ein vom Kinde auf Grund seines Umformungstriebes verändertes Spielzeug bieten. Ich habe das besprochen in Heft 1, Band 53, der von Dr. K. Pilz geleiteten „Deutschen Elternzeitung Cornelia" (Leipzig), deren mehrjähriger Mitarbeiter ich bin. Nicht zu früh freilich darf die Aufklärung erfolgen. — Man muß auch hier individualisiren. — Die Zeit vom 9. bis zum 11. Jahre dürfte durchschnittlich die geeignetste sein. Je nach der Reife des Kindes, also früher oder später, und je nach der Individualität und der augenblicklichen Art des Anlasses mehr auf prosaisch-nüchterne, vielleicht sogar derbe, oder auch feierliche Weise. Eine mir gut bekannte, verständige Mutter sagte, als sie von ihren fünf Kindern mit der Frage nach dem Woher der kleinen Kinder bestürmt wurde, diesen in ernstem, bestimmtem Tone: — (durch einen anderen hätte sie die Fantasie reizen können) — „Vertröstet euch noch eine Zeitlang, bis ihr verständiger geworden seid, dann will ich's euch erklären. Es geht alles ganz natürlich zu." Sie griff also nicht einmal zu einer ablenkenden, vorläufigen Täuschung. Weshalb nehmen zu dieser, und zwar zumeist in der Form des Storchmärchens, denn Eltern nun überhaupt ihre Zuflucht? Die meisten thun's aus einsichtsloser Bequemlichkeit, als servile oder willensschwache Unterthanen des laisser aller, oder aus falschem Schamgefühl, das kein sittliches Selbstgefühl zu schöpfen vermag aus dem Bewußtsein, das Gebot eines weltumfassenden Naturgesetzes zu erfüllen. Viele gestehen auch ehrlich: sie fürchten, die Wahrheit könne sie in den Augen der Kinder herabsetzen. Es läßt diese Meinung leider, vielfach wenigstens, nicht eben auf ein rechtes Elternbewußtsein oder ein falsches Autoritätsgefühl schließen. Fassen die Eltern ihren Beruf als Eltern, d. h. als im Dienst des Naturgesetzes ihren Kindern Leben und Erziehung Gebende, nur ernst und würdig auf, dann werden sie kaum Scheu empfinden, denselben eine wahrhaftige Antwort auf deren Frage zu geben und auch über die Weise und das Wie nicht viel in Verlegenheit sein. Die rechte Liebe findet auch die rechten Worte. Welch einen Sinn kann es denn auch nur haben, zu verhüllen, daß man innerhalb des Sittengesetzes und der bestehenden äußeren gesellschaftlichen Formen einem allmächtigen Naturgesetz folge, dem in Form der Ehe zu widerstreben, unvernünftig und unschön wäre.

Der Naturmensch kennt denn auch jene falsche Scham nicht, und seine Kinder respektiren in ihm doch den Vater. „Das Blut", sagt Lessing, „macht lange noch den Vater nicht, macht kaum den Vater eines Thieres." Liebe und Gewohnheit, Pflicht- und Zusammengehörigkeitsgefühl machen ihn eigentlich erst. Diese Empfindungen aber gehen aus dem Moment des Physischen nur theilweise, nicht immer und durchaus hervor, denn sie sind trotz desselben auch wohl nicht vorhanden und bestehen andererseits auch ohne dasselbe. Wer nun ein Verfechter der Täuschungstheorie ist, muß der nicht zugeben, daß es ganz sicher nur eine Frage der Zeit, ob sein Kind hinter die Wahrheit doch komme, komme durch Andere, oder im Wege eigener Reflexion, und daß darin zwei möglicherweise recht große Gefahren liegen können? Das Kind nämlich muß sich sagen, oder wird sich doch oft sagen: 1) „Die Eltern haben mich belogen; sie, welche die Lüge verbieten, haben sich selbst ihrer schuldig gemacht." Und weshalb? Aus Trägheit, Mangel an Einsicht oder Lieblosigkeit u. s. w.

Setzt diese Kinder-Erkenntniß die Eltern denn nun nicht herab? 2) Andere flüstern, meist unreiner Gesinnung voll, dem Kinde die Wahrheit in's Ohr, oder seine eigenen Gedanken gerathen auf Abwege. O Eltern, seid ihr denn ganz verblendet! Eng bei einander wohnen nicht nur die Gedanken, sondern oft auch die Gegensätze: In einer Minute ist manchmal aus einem lachenden Kinde ein weinendes gemacht und umgekehrt. „Ach, der heiligste von unseren Trieben, warum quillt aus ihm so grimme Pein?" klagt der Dichter. Aus einer Quelle fließen oft Heil und Verderben. So auch hier. Ihr, ihr Eltern, könnt durch liebevolle Bethätigung der rechten Einsicht die Gefahr zum Heil wenden, und ihr laßt stumpfsinnig das Ungefähr walten? Ihr seht zu, wie eure Kinder vergiftet werden, vielleicht für immer! Denn die ersten starken Jugendeindrücke bleiben gewöhnlich maßgebend für's ganze Leben.

Als elfjähriger Knabe empfing ich, weinend vor Mitgefühl, von Thieren (einer Kuh auf dem Felde) einen Eindruck, der mir die Ahnung des wahren Sachverhaltes brachte. Die Feierlichkeit dieses Eindrucks ist mir unvergeßlich geblieben, und ich behaupte, eben er ist für meine ganze fernere Lebensauffassung mehr oder weniger richtunggebend geworden.

Die Mittheilung der Wahrheit lockre das Pietäts- und Anhänglichkeitsverhältniß und schwäche das kindliche Dankgefühl, wendet man vielleicht ein. Aber möchten sich doch die Eltern, die das behaupten, auf ihre eigene Jugend besinnen! War denn das Familienverhältniß ein weniger inniges zu der Zeit, da ihre Eltern wußten, daß sie als Kinder längst die Wahrheit weg hatten? Nein! Noch weniger kann dies der Fall sein in zarter Jugend, weil da die Kinder in weit höherem Grade seelisch und sachlich auf die Eltern angewiesen sind. Und was das Dankbarkeitsgefühl betrifft, so giebt's ein natürliches wohl überhaupt nicht. Es entkeimt vielmehr erst späterer Erziehung und eigenem Nachdenken. Man beobachte doch nur ein Kind! Es nimmt alles als selbstverständlich hin und thut recht daran. „Es kann ja nichts dafür, daß es da ist."

Der Leiter eines unserer besten Familienblätter hatte seine zwei Knaben in der von mir gewollten Weise selbst aufgeklärt. Eines Tages, erzählte er mir, zeigte sich über ihre Ungezogenheit die Mutter sehr bekümmert und aufgeregt. „Na, Mama", meinte der Aeltere, „wenn du vorher gewußt hättest, daß du solche Rangen bekommen würdest, da hättest du gewiß nicht geheirathet." Von durch die Aufklärung geminderter Ursprünglichkeit der Liebe und Achtung vor den Eltern bei den Knaben keine Spur! Somit dürfte die Täuschungstheorie als eitel Selbsttäuschung erscheinen, und auch sie vielleicht nur bestätigen, was der Philosoph Feuerbach von seiner Zeit sagte: „Das Grundlaster der Gegenwart ist die Heuchelei; nicht die gemeine äußerliche, sondern die innere der Selbstbethörung."

„Aergerniß hin, Aergerniß her!" setzte einst Jul. Düboc kühn einer, eine ähnlich ernste Frage behandelnden Broschüre als Motto voran. Wir theilen in dieser Beziehung die muthige Gesinnung jenes Geisteskämpfers.

II.

Aus der Kinderwelt.

1. Geahntes Geheimniß.

Endlich, endlich war ihr sehnlicher Wunsch erfüllt. Am Pfingstsonntage stand klein Marthchen mit ihrer Mutter inmitten des zoologischen Gartens zu Dresden. Die Sonne glitzerte vergnüglich durch die blühenden Bäume, und viel geputzte Menschen gingen mit gar freundlichen Gesichtern hin und her. Marthchens Kinderaugen irrten, wie geblendet von all den neuen Eindrücken, bald hier= bald dorthin. „Da, ein Klapperstorch!" rief sie plötzlich, auf ein umfriedetes Wasserbecken zueilend. „Pastors Mädchen hat mir gesagt, der hole die kleinen Kinder aus einem Teiche. Ist das der Teich?" — „Das wird er wohl sein!" versetzte lachend die Mutter. Flugs hatte unsere 5jährige ihr rechtes Beinchen über das Eisengitter gehoben, und machte nun Miene, dasselbe zu übersteigen. „Ach, ich möchte zu gerne einmal die kleinen Kinder da unten auf dem Grunde sehen; zu, zu gerne, meine gute Mutter!" rief sie weinerlich, als sie von derselben zurück= gerissen wurde. Als nun beide am Abend in ihr heimath= liches Dorf zurückkehrten, mußten sie an dem Gemeinde= Teiche vorüber. Dort kauerte am Rande — Marthchen sah es genau — ihre große schwarze Hauskatze und stillte in langen Zügen ihren Durst. Am Morgen des nächsten Tages hatte die Katze Junge. Neugiergetrieben umstanden in der Küche Marthchen und ihre drei Gespielen den grauen Filzhut, in dem die Alte mit ihren vier Spröß= lingen lag. „Wo aber sind denn nur die jungen Kätzel hergekommen?" fragte wißbegierig Nachbars Hans. „Ja, ich weiß", sagte Martha wichtig; — „gestern Abend hat die Alte aus dem Teiche sich dick und voll gesoffen".

Hier machte die Sprecherin eine sehr geheimnißvolle Miene und fuhr dann fort: „Und denkt euch, gestern bin ich mit der Mutter auch an dem Teiche gewesen, aus dem der Storch die kleinen Kinder holt. Ich dürfe sie nicht sehen, hat meine Mutter gesagt. Wie's aber mit den jungen Mietzen ist, das will ich nun doch einmal ganz genau herausbekommen. Gewiß kommen sie aus dem Teiche, wo gestern Abend —", da wandte sich einer der umstehenden Knaben und stieß unversehens einen hinter ihm befindlichen, bis zum Rande gefüllten Wasser-Eimer um, wodurch alsbald das Katzenheim unter Wasser gesetzt wurde. Mit zweien ihrer Jungen im Maule, schlich die Alte mühsam davon. „Aber Peterinchen!" rief da plötzlich die kleine Martha ganz erschrocken, „wie siehst du denn nur aus? — ganz krank und und mager, wo du gestern noch feist und wohlgenährt warst." Von starkem Mitgefühl erfaßt, wollte sie die Katze in ihre Schürze nehmen; aber die Magd führte sie auf Geheiß der Mutter in den Garten. Da blieb sie stehen und blickte sinnend in die Fliederblüthen, die unter dem Küchenfenster dufteten. Gab es doch von diesem Augenblick an ein Geheimniß für sie, das sie nicht zu durchdringen vermochte, ein Geheimniß, dessen momentane Wirkung sie nicht blos nachdenklich machte, sondern auch ihr Kinderherz mit einer mitgefühlartigen Feierlichkeit erfüllte, die ihrem muthwilligen Sinne bisher fremd gewesen: Das erste Saatkorn zum sittlichen Lebensernste.

---

2. Geoffenbartes Geheimniß.

Der achtjährige Franz litt seit Kurzem an einem, ihm oft heftige Schmerzen verursachenden Unterleibsleiden.

Eines Nachmittags begleitete er die Mutter auf einem Besuche, den diese einer Freundin zu machen hatte, die vor einiger Zeit eines kleinen Mädchens genesen war. Seine Freude über des kleinen Wesens runde Aermchen und große blaue Augen war rührend. „Aber sag' mir nur", fragte er auf dem Heimwege wißbegierig die Mutter, „wo ist denn nur das Dingelchen hergekommen? Meine Spielkameraden lachen immer, wenn einer behauptet, der Storch bringe die kleinen Kinder. Ich hab's auch nie recht glauben können, daß so ein nichtsnutziger Vogel, der nicht einmal sprechen lernt, den Eltern Kinder geben könne, und habe die ganze Erzählung für ein Märchen gehalten, das man uns Kindern weiß macht, um uns etwas zu verbergen. Ist doch der Storch Winters über gar nicht hier, und doch kommen auch da Kinder an." — „Recht, mein Junge", versetzte die Mutter überzeugungsfesten Tones. „Die Sache ist in der That so ernst und heilig, daß man nie ein lachenerregendes Spiel damit treiben sollte. Ich will Dir bei einer passenden Gelegenheit einmal Antwort auf Deine Frage geben." Am nächsten Tage mußte Franz das Bett hüten. Er hatte sich auf dem gestrigen Heimwege stark erkältet und in Folge dessen heftige Schmerzen an seinem frühern Unterleibsleiden auszustehen. Als nun die Mutter neben seinem Bettchen saß, faßte er ihre Hand und sagte: „Du schuldest mir von gestern noch eine Antwort." Die Mutter schwieg eine Weile; dann sagte sie nachdenklich: „Sieh, Gott hat es weise so eingerichtet, daß uns dasjenige immer das Liebste ist, dessen Besitz uns am meisten Mühe, Opfer und Schmerzen gekostet hat. Wär' das anders, wie könnten die Kinder uns Eltern sonderlich mehr werth sein, als ein aus der Wolle des Schafes gefertigtes Kleid, oder ein aus dem Pelze des Bibers hergestellter Muff, welchen uns irgend Jemand geschenkt hat? So aber sind sie ein Theil unseres Selbst, unseres Blutes, unserer Sorgen und Schmerzen und darum uns ans Herz gewachsen.

Wie viel werthvoller als früher erscheint Dir nach überstandener Krankheit die Gesundheit, die Du durch eigene Einsicht, Vorsicht und Befolgung der Dir gegebenen Weisungen wieder gewinnst!

Du hast das ja schon mehreremale erfahren.

Einen ganz ähnlichen Schmerz nun, wie Du ihn jetzt fühlst, haben wir Frauen um der kleinen Kinder willen zu erleiden."

„Da hast Du wohl um meinetwillen auch viel aushalten müssen?" fragte Franz ergriffen. — „Gewiß mein Junge!" antwortete ernst die Mutter, „sehr viel sogar!"

„Ach, liebe Mama", sagte darauf der Knabe, und dabei schlang er seine Arme um der Mutter Nacken und blickte sie treuherzig mit dankbaren Kinderaugen an, — „da will ich Dich aber auch mein ganzes Leben lang immer recht lieb haben."

Der Mutter traten die Thränen in die Augen, und ein beglückendes Gefühl, ein Gemisch vom Muth der Wahrhaftigkeit und von Mutterstolz, verklärte ihre blassen Züge.

3. Die belehrte Mutter.

Frau Neppe tritt eben aus der Hausthür, sich ein wenig von der Frühlingssonne bescheinen zu lassen. Die Korridorthür der erst seit Kurzem von der verwittweten Frau Holz bewohnten Parterrewohnung steht halb offen. In ihr zeigen sich zwei kichernde Zwillinge von vier Jahren. „Wir haben eine Mama", ruft ihr klein Lenchen zu, „da drinn ist sie; hast Du auch eine Mama?" — „O gewiß!" antwortet lachend die Gefragte. „Zeig' uns doch mal Deine Mama!" schallt's mit heller Kinderstimme zurück. „Fast wie eine Ahnung von der natürlichen Nothwendigkeit einer Mutter!" sagte Frau Neppe nachdenklich zu ihrem Gatten, der eben die Treppe herunterkam und Alles gehört hatte. Gleich darauf kommt auch Frau Holz vor die Hausthür, und die beiden Nachbarinnen begrüßen sich. Etwa 300 Schritt von ihnen ist ein strauchbestandener großer Platz; darauf eine große Zahl Kinderwagen, auf Bänken sitzende Kinder=

mädchen und ein von spielenden Kleinen umlagerter Sandhaufen. Dort spielt auch Hans, Frau Holzens fünfjähriger Blondkopf. Plötzlich fliegt auf das alte Storchnest der gegenüberstehenden, strohgedeckten Getreide=scheune ein Storch. Kaum gewahrt den unser Hans, so fängt er laut zu rufen an: „Klapperstorch zu Ester, bring mir 'ne kleine Schwester! Klapperstorch zu Buder, bring mir 'nen kleinen Bruder!" „Mama!" kommt er dann voller Freude gelaufen, nachdem er wohl eine Viertelstunde sein Mündchen so abgemüht hatte, „nun thut's doch der Storch, nicht? Hab' so viel gebeten". Die verwittwete Mutter lacht, und Hans sieht sie er=staunt an, denn er hatte nichts weniger als das, sondern vielmehr eine Bestärkung seiner Hoffnung erwartet. „Aber", fragte der Junge, nachdem er sich eine Weile nachdenklich verhalten hatte, „das kannst Du mir doch sagen: als mich der Storch brachte, wußtest Du, daß ich Dein Kind war, und daß er Dir kein falsches brachte?" In ihrer Verlegenheit greift die Mutter, wie oft üblich, zum Schelten, den kleinen Frager loszuwerden, der ja leicht noch mehr hätte fragen können, und spricht unter Anderem: „Ach, ihr naseweisen Buben, ihr seid doch zu nichts in der Welt nütze." — „Doch, Mama", ruft Hans, „die kleinen Buben sind dazu da, damit man sie lieb hat." Damit kehrt er, freilich etwas niederge=schlagen, zu seinem Sandhaufen zurück. Nach etwa zehn Minuten aber kommt er abermals gelaufen und spricht mit sehr wichtiger Miene: „Mama, was mir Müllers Kinder=mädchen eben gesagt hat, hör' Mama: Weil mein Papa todt ist, hat sie gesagt, bringt mir der Storch kein Brüderchen und Schwesterchen mehr. Ist das wahr?" — „Ach was", antwortet ärgerlich die Gefragte, „das hat sie Dir —" „vorgelogen" wollte sie sagen, aber Frau Reppe fiel ihr beherzten Sinnes in's Wort und sagte: „Du hast ja schon ein Brüderchen und Schwesterchen. Das ist genug. Andre haben gar keins. Bedanke Dich dafür bei Deiner Mutter! Die hat viel Sorg' und Müh' um Euch gehabt und hat sie noch. Ohne die Mutter würdet Ihr nicht groß. Der langbeinige Vogel Storch bringt und giebt Euch nichts. Der sitzt immer nur vornehm auf seinem Nest oder fliegt durch die Luft. Er spielt ja nicht einmal mit euch Kindern, und die haben ihn auch gar nicht lieb, fürchten sich eher vor ihm. Nicht wahr?" Hans nickt stumm. „Da ist mir eine Mama doch viel lieber als so ein eitler Vogel." „Ja, meine Mama", rief der Junge, „ist besser als ein Storch. Wenn sie mich auf den Arm nimmt, so thut's nicht weh, der Storch aber mit seinem langen Schnabel beißt die Kinder. Wenn eine Mama sie bringt, ist's viel schöner. Woher holt sie denn aber die kleinen Kinder?" — „Sollst es später von uns hören," sagte Frau Reppe freundlich. „Sie herbeizuschaffen und großzuziehen macht so viel Noth und Arbeit, daß eine Mama es nicht allein kann; der Papa hilft ihr, und dafür müßt Ihr Beiden dankbar sein. So, nun geh' und spiele weiter! Müllers Marie aber sag', Du hättest von mir und Deiner lieben Mutter selber erfahren, woher die kleinen Kinder kommen; sie brauche es Dir nicht mehr zu sagen, und Du wolltest es auch von ihr nicht hören."

III.

Was erfahrungsmäßig gegen die Widersacher und für die Aufklärung spricht.

Es scheint den zahlreichen Gegnern der (rechtzeitigen) Aufklärung durch die Eltern selbst — diese überflüssig und unpassend nicht nur, sondern auch bedenklich. Weshalb?

1) Weil ein derartiges, weltumfassendes Naturgesetz seinem Wesen nach richtig zu erfassen überhaupt schwer

und für den noch unausgebildeten Verstand des Kindes also erst vollends schwer sei;

2) weil es den Stachel eines Reizes enthält, dem so viele zum Opfer fallen.

Die Aufklärung scheint aber eben nur bedenklich, und der Schein trügt auch hier — Ausnahmen zugegeben — den Gedankenlosen. Die Frage setzt sich allerdings zusammen aus den genannten zwei Momenten: 1) aus dem **Sinnen=reiz**, der nur Mittel zum Zweck und 2) aus dem **Zweck und Wesen des Gesetzes** selbst. Natur und Welt machen blos vertraut mit dem Reiz. Dem kann ein **Gegengewicht** nur halten: 1) Die Zweck=Erkenntniß des Naturgesetzes, dessen Wesen an Gottes Schöpfermacht mahnender heiliger Ernst und 2) die Erfahrung und Erkenntniß von der einerseits allgemeinen culturellen, andererseits **individuellen** Nothwendigkeit seiner Beherr=schung, ohne die das hier „an sich" Gesunde und Berechtigte zum verderbenbringenden Gift wird, ganz wie ein verdorbenes oder zur Unzeit genossenes Nahrungsmittel. Beispiel Friedrichs II. General Seidlitz. (Varnhagens Biographie.)

Auf solche Erkenntniß und zu machende Erfahrung vorzubereiten, vermag nur Liebe, und besonders elterliche. Man kann nun mit Recht einwenden: Für Ernst und Nothwendigkeit habe das Kind noch kein Verständniß. Gewiß, wohl aber für Liebe und Autorität. Sie nun treten ihm entgegen in Person der Eltern. Bekennen sich diese ihm gegenüber selbst zu jenem Natur=gesetz, muß da nicht die ursprüngliche Kindesehrfurcht auf dasselbe rückbezüglich werden, und die natürliche, vielleicht zum Verbergen neigende Scham sich langsam umwandeln in eine etwas weniger verbergende **sittliche**? Erscheinen die Eltern dem Kinde im Lichte der Achtung, so wird in einem solchen ihm schließlich auch das Natur=gesetz erscheinen, das sie vertreten. Lernt so das Kind von hausaus hoch denken von dem Naturgesetz, kommt ihm ein ästhetisch gearteter Widerwille gegen dessen Mißbrauch. Dieser Widerwille, verbunden mit

einem entweder angeborenen oder anzuerziehenden Selbst=
achtungs= und allgemeinen Schönheits=Gefühle, ist
ganz vornehmlich dazu angethan, jenem Reize des Natur=
gesetzes entgegen zu wirken. Dazu käme als drittes
äußeres Hilfsmittel die entreizende Nichtverhüllung
der Frage, und als viertes die damit gegebene stete
Möglichkeit der freien Aussprache, die stark ablenkt
von Phantastereien. Und all dieser Erziehungsmittel
entschlagen sich so vielfach aus falschem Schamgefühl,
Trägheit und Selbstverblendung unsere Mütter! Großer
Napoleon, könntest du auch in unsere verbohrte Frauen=
welt hineinrufen dein: „Gebt uns Mütter!" Wer einen
Kopf hat zu denken, der denke und folge nicht blos der
Tradition und einer unklaren, gefühlshaften Abneigung.
Selbstüberwindung gehört ja zu allem sittlichen Thun.
Wer hätte nicht erfahren, daß gerade das Vertuschen
und Geheimthun, das ängstlichste Verbieten, Sichaus=
reden und Verlegenwerden der von Kindern Gefragten
die kleinen Frager erst recht gespannt und neugierig
macht? Auf diesem Wege kommen Kinder also fast
gezwungenermaßen zuerst auf den Reiz der Sache und
nehmen ganz natürlich diesen für den Zweck. Der
rechte erzieherische Weg muß aber gerade der umgekehrte
sein, wie mir scheint: Erst eine Art Zweckerkenntniß
und Achtung vor diesem Zweck und damit Abscheu vor
Entweihung. Wo aber Kinder solche zu sehen bekommen,
erreicht man die Absicht vor Verderbniß zu behüten viel=
fach besser dadurch, daß man ihnen Ekel einflößt, als
daß man ihnen die Augen zuhält. Denn das blind=
gemachte Kind ruht gewöhnlich nicht eher, als bis es
erkennt. G. Keller's „Frau R. Amrein" verstand in
diesem Sinne zu erziehen. Möchten unsere Mütter die
Novelle („Leute von Seldvila") lesen und beherzigen!
Aus solchem Erziehungsverfahren aber kann sich ergeben
ein persönliches wie sociales, versittlichendes **Glück**. Man
sucht **Liebe** zu begreifen und zu bethätigen nicht sowohl,
wie so vielfach heut, aus der Sinnen=, sondern vielmehr

aus der Geisteswelt heraus. (Wer hätte z. B. nicht schon gehört das häßliche, aber oft so wahre Wort: „Des Mannes Liebe geht durch den Magen"?) Je weniger uns jene, um so mehr wird uns diese gelten, was nichts anderes heißen will als: Das Wesen der Liebe wird vornehmlich gefaßt als Wohlwollen und Gleichklang. Mit dem Dichterwort: „Zwei Seelen und ein Gedanke, zwei Herzen und ein Schlag" charakterisirt sich ihr Ideal. Verbände sich nun mit einer solchen Liebe, zu der das Moment der Pflicht und des äußeren, staats=rechtlichen und gesellschaftlichen Zwanges in Gestalt der Ehe noch hinzutritt, etwas sogar Häßliches, würde dies Häßliche in der Auffassung der Eltern sowohl wie der Kinder doch vom erwärmenden Strahle jener Liebe verschönt werden müssen. Weiter aber verliert für die schöne, mehr geistige Auffassung der Frage der Reiz an Stärke und gewinnt an Kraft das Wesen der Sache. Eigens bin ich darauf ausgegangen zu erfahren, wie auf Frauengemüther die Erörterung dieser ernsten Frage wirken würde. Ich regte sie also verheiratheten Frauen gegenüber, und zwar möglichst in Gegenwart der Gatten, nicht nur an, sondern las auch meine diesbezüglichen Gedanken darüber vor. Der Ton und die Art und Weise, in der ich das that, ließen — ein bis zwei Fälle, und das auch nur vielleicht, ausgenommen — Peinlichkeit, Verlegenheit oder Unwillen gar nicht wach werden; ja einige Frauen erbaten sogar meine Meinung über das Wann und Wie der Aufklärung. Aber auch jungen Mädchen gegenüber, die ich allerdings von vornherein als verständig kannte, habe ich ähnlich gehandelt. Der einen, etwa sechsundzwanzigjährigen, gab ich als Gast im Eltern=hause meinen ersten Aufsatz in No. 5 der „Dr. Fr.=Ztg.". Sie las ihn auf meine Bitte sogleich im Nebenzimmer. Mit der größten Unbefangenheit und einer gewissen, Uebereinstimmung ausdrückenden Freudigkeit sagte sie mir bann in Gegenwart der Eltern: „Nun bitte ich mir aber die Fortsetzung aus!"

Einer anderen, etwas älteren jungen Dame behändigte ich den gedruckten Brief einer „wahrheitsliebenden Mutter an mich" im Beisein der eigenen Mutter. Mit den Worten: „Ja, sehr gut!" gab sie mir das Blatt zurück, ohne weiteres darüber zu äußern, aber auch ohne ein Zeichen von Unangenehmberührtsein erkennen zu lassen. Ihre 5 Jahre jüngere Schwester aber las meine Entgegnung in Nr. 10 „D.F.Z." mit einer unverkennbaren Begeisterung, beim Schluß überzeugungsgetragen die Worte wiederholend: „stolz sein ein Gesetz zu erfüllen, in dem ich den Athemzug Gottes spüre." Aus all diesen meinen Erfahrungen zog ich den Schluß: „Was Scheu, Verlegenheit oder Unwillen weiblicherseits erregt, ist nicht sowohl die Sache selbst, als vielmehr unrechter Ton und schiefe Auffassung derselben, welche die unschöne Absicht errathen lassen." Zwar nicht allein, aber doch zumeist erklären sich hieraus die so berechtigten Wünsche und das Bedürfniß weibliche Aerzte zu haben. Denn hätten alle specifisch weiblich= Kranke von vorn herein die Ueberzeugung, daß ein männlicher Arzt ohne jede Frivolität ihnen entgegentreten und mit Ernst und Wohlwollen weniger die Person als vielmehr das Leiden ins Auge fassen werde, sie würden mit viel geringerem Bedenken sich ihm anvertrauen. Aber mehr! Erfahrung läßt mich behaupten, daß im rechten Tone und auf ungesuchte Weise bei gegebener Gelegenheit eine so ernste Frage mit weiblichen Wesen besprechen, sicher mache, den Lebensernst erhöhe und sittlichend wirke. Nur aus der gleichen Ueberzeugung heraus vermag ich's mir zu erklären, daß einer unserer feinsinnigsten Psychologen und besten philosophischen Schriftsteller unbedenklich in der Gattin, Tochter, meiner und anderer Gegenwart ein dramatisches Gedicht vortragen konnte, in dem eine arme Schiffertochter, die aus Gründen der Dankbarkeit einem Greise sich vermählt hatte, kämpft zwischen dem Entschlusse: soll sie diesen alten Mann, von dem sie Kinder und Liebesgenuß nicht zu erwarten hat, verlassen oder den früheren, überredungseifrigen Geliebten aufgeben? Als dieser dann zum Abschied von der einstigen Braut, die sich entschlossen hat, Treue zu halten, einen Kuß erfleht, weigert sie ihn mit dem Hinweis darauf, daß, wenn sie nur **einen** Tropfen von der süßen Sinnenlust genießen würde, der Wunsch nach dem Vollgenuß sie überwältigen müsse. In dem Glauben an die versittlichende Kraft meiner Ansicht bestärken mich auch Zuschriften von Frauenhand. Unter diesen besonders folgende Stelle aus einem mich sehr erfreuenden Briefe einer hochbegabten Dichterin, Martha Kalluzky in B., die Gattin und Mutter ist: „Ich habe Ihre Arbeiten mit wirklichem Interesse gelesen und darf Ihnen bekennen, daß Ihre Lebensanschauungen mir sehr sympathisch, obgleich ich an dem Federkriege, den Sie in der „Dr. F.=Ztg." hervorriefen, mich nicht betheiligt habe. Mir ist's stets eine seltene Freude einem Schriftsteller zu begegnen, der neben dem berechtigten Realismus im guten Sinne auch Verständniß hat für die Ideale, ohne welche das Leben mir eine Oede wäre. Platen sagt: „Um den Geist emporzuziehen von der Sinne rohem Schmaus, — Um der Dinge Maaß zu lehren, sandte Gott die Dichter aus." — Ich glaube nun weiter schließen zu dürfen: **Kann die rechte Weise aus dem Wesen der Sache für Erwachsene Gutes schöpfen, wie viel mehr und leichter für unbefangene, glaubensempfänglichere Kinder.**

Erst kürzlich sagte mir eine Mutter, sie habe erfahren, daß vornehmlich in den Rhein=Gegenden, wo von den täuschungsbegeisterten Rheinländerinnen (Nr. 11 Dr. F.=Ztg.) die Verhüllungstheorie besonders gepflegt wird, **die physische** Unsittlichkeit, und vielleicht auch die **moralische** am größesten sei. Ich unterscheide wohl zwischen beiden. Scheint mir doch die ganze Frage zu kranken an dem Fehler, daß man den Begriff Unsittlichkeit dem Naturgesetz als solchem anheftet. Nicht sowohl in **ihm**, sondern vielmehr im Gemüth, im Vorstellen und Wollen liegen die Wurzeln der Corruption.

Wie könnte es sonst Genußmenschen mit einem Kinderherzen geben und andrerseits moralische Ausrechner und Halsabschneider von physisch=sittlichem Lebenswandel? Wo Treue und Glauben, Recht und Wahrheit, Ehre und Liebe für Geld und äußere Werthe feil sind, da ist wahre Corruption. Daher dürften die Knechte und Mägde auf dem Lande, die oft die freie Liebe, für die ich durchaus nicht eintrete, sehr stark bethätigen, ethisch durchschnittlich viel höher stehen als unsere „oberen Zehntausend", soweit sie blasirt, herz= und gefühllos sind.

Wie sich unsere großen Pädagogen Comenius, Rousseau u. s. w. zu dieser Frage gestellt haben, darüber vielleicht in einer zweiten Auflage! Diese soll zunächst im practischen Sinne überzeugen.

IV.

Den Müttern ein Mahnwort.

Aus dem Leserkreise der „Dr. F. Ztg."

Zwei junge Mädchen, Töchter meiner besten Freundinnen, waren verlobt, ebenso glücklich als Braut wie später als junge Frauen. Die Eine, Marie mit Namen, heirathete nur aus Liebe einen kleinen Beamten mit wenig Gehalt, und muß sie größtentheils jetzt noch von ihrer Familie unterstützt werden, da auch einige Kinder da sind und die Sorgen des täglichen Lebens kein Ende nehmen wollen. Die Andere hieß Sophie, sie war ein kluges und sehr begabtes Mädchen, und wenn sie wohl auch ihrem Gatten, einem sehr reichen Grundstückbesitzer, gut war, so wird doch seinerzeit wohl die Berechnung, ein ganz sorgenloses, behagliches Leben führen zu können, sehr viel mit zu diesem Entschluß beigetragen haben, denn sie war aus einer kinderreichen Familie. Jene aber war das einzige Kind ihrer Eltern, gut situirter, angesehener Leute, hatte es auch so gut, wie man es sich nur denken kann, zu Haus, und keinen Begriff davon, was das Leben so Alles mit sich bringt. Nun ist so zu sagen ein Tausch ihrer früheren Verhältnisse eingetreten. Sophie hat es mit ihrem einzigen Kinde gut, sie führt, wie man zu sagen pflegt, ein Leben wie im Himmel, während hingegen Marie so recht alle Mühen und Plagen des irdischen Daseins empfinden muß, und dies Alles nur aus Unkenntniß oder nicht richtiger Vorstellung des Lebens bei ihrer Heirath.

Da nutzte kein Einreden und Bedenken irgend welcher Art, hatte sie doch den guten Willen und ihre treue Liebe, und klang es doch gar so schön: „Raum ist in der kleinsten Hütte für ein glücklich liebend Paar". Dies Wort ist aber für die jetzige Zeit nicht mehr am Platze, denn an ein Dasein in solch' winziger Hütte, in vielleicht nur einem Zimmer, ist gar nicht zu denken. Ja, wenn es noch blos bei diesem glücklichen Paar bliebe — aber es liegt in der Natur der Sache, wie der Herr Verfasser des Artikels „Woher kommen die kleinen Kinder" ganz richtig sagt, die Kleinen stellen sich ein, oftmals deren mehr, als den liebenden, sorgenden Eltern recht ist. Wie sollen Alle ernährt und gut erzogen werden? Wer einmal heirathet, muß sich fragen: „Hast du auch ein hinreichendes Auskommen? Langt es nicht blos für jetzt, sondern wie steht es um die Zukunft? Denn Du darfst, bist Du einmal Frau und Mutter, nicht die Stelle kündigen, wie es Andere thun können, die nur für Geld und auf vorübergehende Zeit in einer Familie thätig sind und nicht halb die Herzenssorgen kennen, die eine Mutter durchmachen muß. Du kannst dann nicht von Deinem Mann fort, wäre es auch nur aus Sorge vor größerem Familienzuwachs; Du wirst es auch nicht thun, denn Du liebst ihn ja." Wer bei sich in diesem Sinne reiflich Alles erwägt, der wird dann wohl wissen, ob er sein Vorhaben auch ausführen kann.

Wie oft schwinden Liebe und Glück wegen kleiner Ursachen dahin! Darum halte auch ich es für sehr gut, daß ein junges Mädchen auch Kenntniß davon haben möchte: „Woher kommen die Kinder?" Eine Ehe ohne Kinder ist ja wie ein Tag ohne Sonnenschein, aber es kommen auch oft viel Verdruß und Aerger und Sorgen durch diese Kleinen; es heißt ja auch: „Kleine Kinder, kleine Sorgen, große Kinder, große Sorgen!" Ihr lieben Mütter, die die Ihr noch Töchter zu Haus habt, sagt ihnen, vielleicht nach der Konfirmation, Julius Sturm's schöne Verse vor:

> Ob Dir ein Pfühl, ein karges Moos
> Zum Wiegenlager ward bestellt,
> Uns alle traf das gleiche Loos,
> Soviel wir kamen auf die Welt.
>
> Ob eine Thräne mich begrüßt,
> Ob lauter Freudenruf erscholl,
> Ob Liebe jubelnd Dich geküßt:
> Wir kamen hilflos, schmerzensvoll.
>
> Dem zuckt der Schmerz im Angesicht,
> Und jener scherzt und fühlt doch tief,
> Daß ihm ein Dorn die Brust durchsticht,
> Und Keinem ward ein Freiheitsbrief.

Klärt Euern Töchtern auf des Daseins Frage, deshalb verliert ein echtes, unschuldiges Gemüth nichts von seinem Reiz; es wird, denkt es nur einmal ernstlich darüber nach, seine Mutter, die wegen des Kindes so viel geduldet und gelitten und unsagbare Mühen mit ihm hatte, nur noch mehr lieben und bewundern. Laßt die Mädchen, deren Glück Euch doch am Herzen liegt, nicht heirathen ohne Euere Ueberzeugung: sie haben einen sicheren Halt in sich selbst für das ganze Leben; es ist ein zu ernster Schritt und wird leider Gottes nur zu wenig ernst genommen. Wenn nun auch die Ehe nicht als eine Versorgungsanstalt angesehen werden soll, so ist es doch Pflicht jeder Mutter, wo nur die Liebe sprechen will, auch der Vernunft Gehör zu verschaffen, und sieht sie kein Glück für ihre Tochter, ihr doch lieber abzureden. Bildet überhaupt Euere Töchter nicht nur zu künftigen Hausfrauen heran, sondern seht, ob dieselben nicht Talente haben; es schlummert gewiß hier und dort eine Begabung, die noch nicht genügend geweckt und ausgebildet ist; helft auch darin Eueren Töchtern! es ist dies eine goldene Mitgift für das ganze Leben.

Es heirathet ja auch ein großer Theil der Mädchen nicht, und wie viele Wege stehen ihnen jetzt offen, etwas zu lernen und das Gelernte nützlich anzuwenden. Ich kenne viele Damen, die sich ihr Brod allein verdienen. Mir fiel beim Lesen des oben erwähnten Artikels aus Nr. 5 das Leben der genannten beiden Frauen ein, und dabei gingen mir so allerlei Gedanken durch den Sinn. Hätte die Eine doch auch mehr über Alles nachgedacht, vielleicht wäre ihr ein besseres Loos zu Theil geworden; doch „der Zug des Herzens ist des Schicksals Stimme".

Sind zwei Menschenkinder sich in wahrer Liebe zugethan, und weiß die künftige junge Frau ihre Pflichten, ihre Bestimmung und hat noch den festen Willen, die Zukunft (die Euch aber selbst für Euer Kind in jeder Beziehung gesichert erscheinen muß) und Alles mit und für den Einzigen zu tragen, dann laßt sie in Gottes Namen heirathen, denn die Liebe trägt Alles und duldet Alles. Unsere Kinder werden uns bei richtiger Anleitung, die doch nur ihr Bestes will, wenn sie uns auch jetzt noch nicht so ganz verstehen, erst recht schätzen und lieben, wenn sie selber einst wieder Kinder haben. Wenn sie tausend sorgenvolle Stunden bei den Kleinen zugebracht, dann fühlen sie erst so recht die fürsorgende getreue Liebe, die man ihnen gewidmet hat, dann werden sie es uns auch danken, wenn wir allzeit für sie die wahre Liebe sprechen ließen und sie auch bei Zeiten des Lebens Ernst erkennen lehrten. Kleineren Kindern aber, auch noch solchen von 9—11 Jahren, würde ich auf die Frage, wo die Kinder herkämen, ungefähr so antworten:

„Ob Dich ein Engel, ob ein Storch Dich brachte,
Ich denk', es mag Dir jetzt noch ein Geheimniß sein;
Doch Eine ist, die treu für Dich stets wachte,
Der Mutter dankst Dein Leben Du allein!"

Eine, die auch Gattin, Mutter und Tochter ist.

V.

Entgegnungen aus dem Leserkreise der „Dr. F. Ztg."

Brief I.

Ich beabsichtige nicht, einen langen Artikel über das Thema: „Woher kommen die kleinen Kinder?" zu schreiben, nur will ich der Rheinländerin mit meiner Ansicht entgegenkommen und die letztere meinen Mitleserinnen nicht vorenthalten. Ich finde es ebenso unpassend als überflüssig, diese Frage Kindern zu beantworten, wie es in Nr. 5 und 6 geschehen ist. Man fragt sich dann allerdings: wo bleibt das reine, unschuldige Gemüth des Kindes, wenn es mit derlei Auseinandersetzungen behelligt wird? Das erfahren sie stets zeitig genug, ohne daß die Eltern sie darüber aufklären. Dafür sorgt schon die Welt. Man soll sie nur ja nicht in ihrer kindlichen Denkungsart beeinflussen, sie vielmehr vor Verkehr hüten, der ihnen in dieser Beziehung überlegen ist. M. W. B.

Brief II.

Ich habe, dank meiner sorgfältigen Erziehung, sehr spät erst die Wahrheit des Menschendaseins geahnt, und, weit entfernt, meine Eltern als Lügner anzuklagen, war ich schon so verständig, daß ich recht gut einsah, warum man den Kindern die Wahrheit in ein Märchen hülle. Ich meine, der Kindesseele ist das ganze Dasein ein Wunder, warum soll man ihr da nicht die für sie entschieden verderbliche Wahrheit, die sie doch nicht begreifen würde, in ein Märchengewand kleiden? Ein Kind, welches nicht schon verdorben, ist vollständig zufrieden damit. O, laßt doch den Kleinen so lange wie möglich ihre Unbefangenheit! Es schmerzt ja tief, zu sehen, wie wenig wirkliche Kinder es noch giebt. Wir leben auf dem Lande, in industrieller Gegend, und haben oft Gelegenheit, zu erfahren, wie frühreif und daher verdorben die Kinder werden, wenn ihnen zu zeitig die glückliche Unwissenheit geraubt wird. Ja, ein Raub ist es am Glück der Kindheit. Daher liebe, gewiß zahlreiche Gesinnungsgenossinnen, wollen wir über unsere Kleinen wachen, daß ja nicht zu früh ihr unschuldiges Gemüth verdorben werde durch unzeitige Aufklärung. Die poetische Legende vom Storch oder Engel laßt uns beibehalten! Haben wir unsere Kinder nur sonst gut erzogen, dann werden sie uns später keinen Vorwurf machen. Und fragt einmal ein naseweises Kind — man weiß ja, wie oft Kinder aus Langeweile fragen — nun dann lenke man ihre Gedanken auf etwas anderes, was ihre kindliche Seele besser begreift; es wird sich bald zufrieden geben. Der verständigste Mensch ist ja vor Gottes Weisheit ein Kind, und weislich hat Gott uns verborgen, was uns zu wissen nicht frommt; ja, er hat den Kindern das Himmelreich verheißen. Ich denke dabei nicht an die frühreifen, aufgeklärten.

Doctorin F.

Brief III.

Sehr geehrter Herr! Schon der Titel Ihres weisheitsvollen Aufsatzes ließ mich stutzen, und ich irrte nicht in der Annahme, daß etwas ganz Abnormales den Leserinnen und Lesern der „Dresdner Frauenzeitung" mit diesem geboten würde. Wahrhaftig, mein Herr, ich bewundere Ihren Muth, mit dem Sie Beispiele angeben, um Mütter, Frauen, Eltern Ihrer Ansicht geneigt zu machen. Beinahe könnte ich bedauern, daß Sie nicht Gottes erste menschliche Schöpfung gewesen, denn Sie würden nicht nach dem Genuß des Sünden=Apfels, den Eva Ihnen, ihrem Adam, geboten, mit einem Feigenblatte sich bedeckt, noch auch schamvoll sich versteckt, sondern muthig unserm Herrgott in's Antlitz geschaut und gefragt haben: „Worin er nur Ihre Sünde erkennen wolle, sei es doch das natürlichste Naturgesetz, in den Apfel zu beißen, den Eva Ihnen geboten!" Wir, Ihre Nach=kommen, wären dann gewiß nicht derartig von der heutigen Civilisation beleckt worden, wie wir sind, sondern wären wahrhaft prächtige Naturmenschen nach Ihrem Wunsche geblieben. O, wie müssen wir doch jetzt mit tiefster Betrübniß unseren alten Stammvater Adam verdammen, daß er nicht Ihren Muth, sondern nur Feigheit besaß! Wir hätten heute nicht nöthig, unseren Kindern Rede und Antwort zu stehen, oder gar die Ehrenpflicht, unsern Kindern (sagen wir lieber Kinderchen) Aufklärung zu geben, woher sie gekommen sind.

Sie führen gleich als Einleitung uns Größen und Berühmtheiten vergangener Tage vor, die ungeniert dem Motto huldigten: „Dem Reinen ist Alles rein!" Solche groß angelegten, gesund denkenden (?) Frauenseelen gab es allerdings von Anbeginn der Welt glücklicherweise nur in vereinzelten Fällen, denn wir betrachten es doch als einen Vorzug der Gegenwart, daß die überwiegende Mehrheit der Frauen noch ihr wahrhaft echtes Frauen=gemüth sich bewahrt hat, wie auch das unbedingt zu einem sittlich reinen Leben gehörige Sittlichkeitsgefühl, ohne das wir keine Frau, und wäre sie noch so geistreich, zu ehren vermögen. Und Sie streben danach, solchen Frauen und Müttern begreiflich zu machen, welch' ein großes Unrecht sie ihren Kindern gegenüber begehen, indem sie den kleinen, wissens= und frageburstigen Herzchen das Storchmärchen erzählen? Wissen Sie auch, was für eine große Schuld Sie sich aufladen würden, wenn Ihrem Rathe die Mütter folgten? Unsere Kinder hätten bald

genug kein Kindergemüth mehr; ihre kindliche Neugierde
würde mehr und mehr Befriedigung suchen, nicht allein
in Belehrungen. Ja, werther Herr Schulz, Ihre Rath=
schläge können und werden niemals von einer sittlich
hochstehenden Frau und Mutter befolgt werden. Eine
Solche erzieht auch keine unsittlichen, lieblosen Kinder.
Sie müssen wahrlich selbst wenig Kind gewesen sein, noch
auch mit wirklichen, reinen Kindern Umgang gepflegt
haben, Sie könnten und würden sonst niemals eine solche
wohlweise Ermahnung an Mütter ergehen lassen.

Sie geben den Kindern nach Ihrer Auffassung (!)
Worte und Gedanken wie: „Die Eltern haben mich
belogen, sie, welche die Lüge verbieten, haben sich ihrer
selbst schuldig gemacht." Und weshalb? setzen Sie hinzu:
aus Trägheit, schlechtem Bewußtsein, Einsichts= oder
Lieblosigkeit! Pfui, Herr Schulz! Nur schlechte Kinder
schlechter Eltern wären vielleicht fähig, so zu sagen oder
zu denken! Weiteres hierauf Ihnen zu antworten,
erlaubt mir mein empörter Frauenstolz nicht, doch wissen
Sie: Wir lieben unsere Kinder zu innig und suchen daher
ihren reinen Kindersinn ihnen so lange wie möglich un-
getrübt zu erhalten; sie sollen zu ihrer und unsrer Freude
ihren Märchenglauben nicht verlieren. Wir wollen unsre
Kinder nicht mit den menschlichen Naturgesetzen ꝛc. bekannt
machen, weil unsre Kinder wirkliche Kinder sein sollen
und nicht vor der Zeit unnöthig aufgeklärte, kleine
unerwachsene Menschen! — M. Amper.

Brief IV.

Von der Tochter einer Hebamme.

Seit 27 Jahren ist meine gute Mutter todt, aber noch
niemals hätte ich auch im Entferntesten daran gedacht,
daß die Gute mich belogen hätte, wenn sie mir sagte,
sie müsse an den Teich gehen und sich für diese oder

jene Frau ein Kind vom Wassermann geben lassen. Selbst als ich einmal aus der Schule kam und meine Mutter im Bette fand, und daneben den Korb mit einem lieben kleinen Wesen, fragte ich ganz verwundert: „Mutter, gehört das uns?" „Ja, sagte sie, das ist Dein Brüderchen; die Hebamme aus Mühlbach ist hier gewesen, (es war eine gute Freundin meiner Mutter) der hat unterwegs der Wassermann das Kindchen gegeben, das wollen wir behalten!" — „Aber Mutter, warum bist Du denn im Bette?" fragte ich nun. — „Mir ist nicht ganz wohl, sei nur artig, damit ich mich nicht aufrege, dann werde ich bald wieder aufstehen!" Und der Mutter Wort war mir heilig, obgleich ich nicht in Kenntniß gesetzt worden war, wo das Kind herkam. Das Schöne am Kinde ist ja eben die kindliche Unbefangenheit; dieselbe geht aber verloren und ein Kind wird altklug, wenn es in Sachen eingeweiht wird, die sich doch eigentlich nur für reife Menschen eignen. Wir sind ja keine Naturmenschen, die unbekleidet mit ihren Kindern und ihren Thieren in einer Höhle wohnen, wo Alles seinen natürlichen Gang gehen muß. Wir haben Kultur und Bildung, und jeder heranwachsende Jüngling und jede heranwachsende Jungfrau wird, wenn nicht schon verdorben, so viel Scham und Ehrgefühl in sich haben, es den lieben Eltern nicht als Lüge anzurechnen, daß sie bei dem Märchen vom Storch und Wassermann geblieben sind. Die Jugend wird heutzutage schon ganz von selbst nur zu bald überklug. Manche Eltern sind aber zu unvorsichtig und lassen die Kinder hören und sehen, was nicht für sie paßt; daher kommt viel Verdorbenheit.

VI.

An meine Gegnerinnen in Nr. 8 und 9 der „Dr. F. Ztg."

De gustibus non est disputandum (über den Geschmack ist nicht zu streiten) meinten schon die Römer. Sie, Frau Amper, wie die Tochter einer Hebeamme, geben nämlich fast blos Gefühls= und Geschmacksäußerungen. Denn in den beiden Auslassungen in Nr. 8 läßt sich nur ein wirklicher, sogar recht vernünftiger Gedanke finden, und zwar in der zweiten, allein geziemenden. Dieser scheint mir daher auch der Widerlegung werth: „Der Wassermann habe das Kind gebracht, und es sei der Schreiberin nie eingefallen, darin eine Lüge zu sehen." Müssen denn darum alle anderen Menschen in einer solchen Täuschung auch keine Unwahrheit sehen? Unwahrheit bleibt Unwahrheit, auch wenn sie tausendmale nicht als solche aufgefaßt und angesehen wird. Aber ich will Sie wegen des Vorwurfs, ihr Vorschub zu leisten, selbst vertheidigen. Wir kommen im Leben nicht ohne Nothlüge aus. Sie wird uns als Nothwehr oder Noth= behelf oft geradezu aufgezwungen. Doch wo hab' ich nun gesagt, daß ich eine wegen Unreife des fragenden Kindes angezeigt erscheinende vorläufige, ablenkende Täu= schung durchaus verwerfe? „Geduldet euch, bis ihr ver= ständiger seid! Es geht alles natürlich zu" und „in der Zeit vom 9—11 Jahre" (da schon der Schulumgang witzigt) heißt's bei mir. Wenn das Kind verstandesreif ist und sich die Wahrheit doch nicht mehr verbergen läßt, dann, nicht eher, sollen die Eltern sie nicht mehr künstlich verhüllen. Erscheint diese rechtzeitige Aufklärung nun als Uebel, so ist's sicher das kleinere. Vor dem größeren, der möglichen Verderbniß durch Andere oder der Unsicherheit

eigener Reflexion, soll die Mutter durch Wahrheitsmuth
das Kind bewahren, oder ihre frühere fromme Täuschung
zur geeigneten Zeit gut machen durch liebewarme Auf=
klärung. Was geschieht aber meist verblendeterweise?
Die Kinder werden der Unart beschuldigt, ja oft gestraft für
eine Erkenntniß, die selbst wider ihr Wollen kommen
muß. Mit gleichem Recht könnte man event. im All=
gemeinen auch das Frage= Schrei= und Hungerbedürfniß be=
strafen. Ein Unschuld=Ideal stellen Sie da auf, welches das
Leben unbedingt zerstört. Ein rechtzeitiges Wissen solle ent=
kindlichen, verderben. Danach wären wir unschuldig nur
bis zum Augenblick der Erkenntniß. Da diese aber schließlich
das Naturgesetz selbst bringt, so werden wir schuldig nicht
sowohl durch uns als vielmehr durch die Natur. Dieser Noth=
wendigkeit sollen wir uns nun als einer Schuld schämen?
Ja, wir sollen auch nach ev. erfahrener Sündenvergebung
immerfort sündigen müssen? Arme gequälte Menschheit!
Diesen alten Traditionen gegenüber sagt der Geist der
Neuzeit: Sünde ist nur bewußter Mißbrauch des von Natur
Gegebenen und Erbsündenthum ist nichtig. Sich schämen,
daß die Natur es mit uns so und nicht anders gemacht
hat, Frau Amper,' kann nur heißen, sie selbst und also
auch Gott, der in ihr waltet, entweihen. Wenn wir
Kulturmenschen nun verhüllen, so thun wir's, genöthigt
durch Zweckmäßigkeit, Klima, Schönheitsgefühl, Gewöh=
nung, die Umwelt u. s. w. Diese Umwelt beeinflußt
nun auch Ihr Empfinden und Vorstellen, vielleicht un=
geahnt. Denn sie ist's, welche den Einzelnen mehr oder
mindestens ebenso bestimmt, als die eigene Ursprünglichkeit.
Ein Beispiel, ein selbsterfahrenes! Dies ist ja immer
das wirkungsvollste. Ich bin in einer Familie, in der
man mich kennt, schätzt und vor allem versteht. Es bricht
nur so heraus aus mir, so viel weiß ich zu sagen.
Jedem begegne ich unbefangen. Bereitwillig lese ich vor.
Ich finde eben jene Wechselwirkung erzeugende Art zu=
zuhören, die mich förmlich elektrisirt. Da trifft mich jemand
aus diesem mir wahlverwandten Kreise in einem anderen,

mir nicht sympathischen, und er kennt mich geistig kaum wieder. Ich bin gedrückt, wortkarg, die Sehnsucht: fort von hier! ist in meinen Zügen zu erkennen, und wenn ich lese, kommt's gezwungen heraus und ohne Feuer. Es ist mir nicht so um's Herz, daß ich mit Hutten rufen möchte: „Die Studien blühen, die Menschen sind wahr und es ist eine Lust zu leben!" Ganz so wie unter unverderbten Menschen Lüge, Heuchelei, Täuschung im schlechten Sinne auffällt, erscheint unter lüge- und täuschungsgewohnten Menschen auffallend der wahrheitsmuthige, individuelle Charakter. Er wird belächelt, verdächtigt, verächtlicht, beschmutzt. Sie selbst dürften's bezeugen. Weil nun die Umwelt in vieler Beziehung von Natur, Wahrheit, Herzensreinheit abweichende Vorstellungen uns aufnöthigt, bezeigen so viele, wie eben auch Sie, eine thörichte Denk- und Handlungsweise. Es kommt also wesentlich darauf an, daß die Umwelt gesunder werde. Dazu will meine Arbeit ein wenig beitragen. Unser Kulturzeitalter hat nicht mehr den reinen Geschmack und die Ursprünglichkeit gesunder Naturmenschen, unter denen, obschon sie unser ganzes Zwangs-, Schablonen- und Anstandssystem nicht kannten, kaum je eine solche Korruption gefunden worden ist, wie zu gewissen Zeiten der Kulturgeschichte und heut. Der Ruf: „Zurück zur Natur!" wird denn auch immer stärker. Jul. Cäsar berichtet de bello Gallico (lib. VI c. 21) noch von unseren Altvordern, die doch gewiß keine Naturmenschen mehr waren, daß sie, beiderlei Geschlechts ungetrennt (promisque) und nur nothdürftig mit Fellen bekleidet, badeten, und daß trotz solcher Bräuche bei keinem Volke die Keuschheit allgemeiner und geehrter war, als bei ihnen. Calderon, der glaubensfanatische Spanier, läßt seinen Richter von Zalamea, einen Bauer, zu seinem zum erstenmal in die Welt ziehenden jungen Sohne sprechen: „Ehre die Frauen! Du weißt, durch ihre Schmerzen sind wir." Nur tief verschleiert wollen Sie jenes Drama sehen! Und gehen Sie gar einmal in ein Skulpturen-Museum oder bei hellem Tage über die Berliner Schloßbrücke, na, da haben Sie ja wohl Tropfen bei sich gegen einen — Ohnmachtsanfall! Und weitere Consequenzen Ihrer Täuschungs- und Verhüllungssucht? Sie müßten folgerichtig alle ev. nöthigen tieferen Eingriffe eines Arztes ablehnen, ja vielleicht in Ihrem Testament bestimmen, daß ein Mann Ihren Leichnam nur als einen wohlbekleideten besichtigen dürfe. Der große, kindliche Moltke ließ sich ohne jede Bekleidung bestatten. Hier komme ich zurück auf eine schon erwähnte Consequenz Ihrer Anschauung: nach gewonnener sexueller Erkenntniß ist Kindlichkeit nicht mehr möglich. Und doch giebts Menschen, die bis in ihr Alter kindlich bleiben. Ja, staunen Sie, ich selbst, den Sie als so verderbt hinstellen, rechne mich zu diesen Kindernaturen, die am meisten zu finden sind unter Landleuten und großen Männern: Mozart, Haydn, Rückert, Schiller, Kleist, Pestalozzi, besonders Luther. Und doch hat letzterer über die physische Seite der Ehe sogar Vorschriften gegeben, und Lenau sagt: „Weiche Herzen bleiben Kinder all ihr Leben." Es giebt ferner gemüthvolle junge Mädchen (ich kenne solche und habe solche gekannt), die einem von ihnen geachteten oder geliebten Manne im Ernst der Nothwendigkeit ev. in Worten nichts verbergen, und die doch eine kinderhafte Gemüths-Unverderbtheit besitzen. Es kommt auch hier alles auf den Ton und die Auffassung an. Daher wird eine rechtzeitige elterliche Aufklärung der Kinder diese auch nicht (Ausnahmen zugegeben) altklug machen. „Die Natur ist vollkommen, (d. h. an sich rein) überall, wo der Mensch nicht hinkommt mit seiner Qual." Dies Wort des kindlichen Schiller haben Sie wohl nie gehört? In gefühlshafter Voreingenommenheit aber in den Schriftsteller etwas hineinlesen, was er gar nicht geschrieben, erzeugt jenes Schimpfthum, dessen Sie voll sind. Sie stehen denn auch nicht an, mir den Schmutz der Schamlosigkeit, wie Sie dieselbe verstehen, in's Gesicht zu werfen. Es ist Ihnen eben von dem tiefen Ernst und der großen Herzenswärme, mit der ich schrieb, nichts aufgegangen. Bei aller Freimüthigkeit in keiner Zeile bei mir — Reizendes, bei Ihnen — mich dünkt mehreres. Ihre keusche Feder sträubte sich nicht. Wunderbar! Entrüsten Sie sich also nur immer weiter über meinen Wahrheitsmuth, bis Sie sich aus= entrüstet haben. Wollen Sie mir von Ihrer Aus=Ent= rüstung dann Nachricht geben, eh bien!

Die gegnerischen, gut gemeinten Geschmacksäußerungen der Frau Doctor F. und Frau L. in Nr. 9 respectire ich als solche gern. Leider zeugen sie von der großen Gedankenlosigkeit, mit der man gewöhnlich liest. Wo spricht auch nur eine Zeile bei mir für „vor der Zeit aufklären"? wo will ich Kindern die Wahrheit aufnöthigen, wenn sie dieselbe noch nicht fassen können? Ich befür= worte ja mit einem Beispiel sogar Ablenkung, wenn Reife noch nicht vorhanden. Ist dieselbe aber da und keine Täuschung mehr möglich, was dann? Selbst auf= klären oder es der Welt überlassen? Schreiberin, die das letztere so befürwortet, ist sich wohl nicht klar über das, was Welt ist. Unpassend und überflüssig sei Auf= klärung. Weshalb? Weil sie so vielen unangenehm und unbequem? Ja, das Unangenehme und das Un= bequeme! Diese beiden Mächte waren stets stärker als Denken und Gewissen. „laisser aller" spricht aus Ihren Zeilen. Sie wiederlegen also nicht, bestätigen eher mehr oder weniger meine Ansicht. Daß sie vielen nicht mund= gerecht, wußte ich vorher. Hilf großer Schiller! „Was ist die Mehrheit? Mehrheit ist der Unsinn! Verstand ist stets bei Wenigen nur gewesen." Ich — würde als Mutter von meinem Beruf viel höher denken als Sie und würde stolz sein, ein Gesetz erfüllen zu können, in dem ich den Athemzug Gottes spüre.

Dresden=Neustadt
und Berlin W. Steinmetz=Str. 18, 1 Tr."
im April 1892.   Karl Theod. Schulz.

VII.
Zustimmende Aeußerungen aus dem Leserkreise der „Dr. F. Ztg."

Brief I.

Frau Amper's leidenschaftlicher Brief an Carl Th. Schulz hat mir, die ich auch ein weibliches Empfinden habe, eigentlich Spaß gemacht, weil Schreiberin dem Manne doch wider Willen Recht giebt. Das Storchmärchen könnte doch nur die Allerkleinsten befriedigen. Aber wozu das erst? „Der liebe Gott hat Euch geschickt!" wäre schon besser und zugleich ein Beweis von Gottes Liebe und Allmacht. Ueberhaupt sind Kinder in ihrem Denken und Beobachten viel selbstständiger als Eltern gewöhnlich annehmen. Dann in der Schule lernen sie erst vollends weiter denken: Die Naturgeschichte der Säugethiere, sowie Sprüche und Lieder: „Nun danket alle Gott . . . der uns von Mutterleib und Kindesbeinen an". Wie das Verbotne am meisten reizt, so hier das Vertuschen und Verheimlichen die kindliche Fantasie am ehesten auf Abwege gerathen läßt. Kindern eine im Nichtwissen bestehende Unschuld künstlich recht lange zu erhalten, wie Frau Amper wünscht, wieviel Angst und Sorge macht das nöthig! Eine verständige Mutter weiß dieses Kraftmaß auf Besseres zu verwenden. Eltern, besonders Frauen, die mit wahrhaft sittlichem Ernst von ihrem Beruf erfüllt und sich der Würde ihrer Stellung voll bewußt sind, werden nie das Sittlichkeitsgefühl des Kindes verletzen oder zu verletzen fürchten. „Unter dem Herzen getragen (d. h. dem Herzen auch als Begriff der Liebe) und aufgewachsen zu sein", sollte das nicht das Richtigste sein und das für Kinder Verständlichste? Nun noch ein Beispiel, das ich als Kind unabsichtlich anhörte von einer Bekannten meiner Mutter. Deren Gatte war Postbeamter und im Augen=

blick der Niederkunft vom Dienst nicht abkömmlich. Niemand war zu haben, nur ihr 13 jähriger Sohn da. Nothgedrungen mußte derselbe zur Hebeamme gehen und, als auch noch der Arzt nöthig wurde, selbst sogar Handreichungen leisten. Leichenblaß stand der Knabe am Schmerzenslager seiner Mutter. Und das Ende? Aus dem leichtsinnigen, boshaften Schlingel, der oft seine Mutter gekränkt, wurde der zärtlichste Sohn, der von nun an seiner Mutter alles zu Liebe that. „Meine liebe, gute Mutter!" sagte er oftmals ohne allen äußeren Anlaß. Mir und allen meinen Bekannten hat Theod. Schulz's Aufsatz nur gefallen. Liesbeth in Dresden.

Brief II.

Scham und Einfalt nicht verletzen und doch die Wahrheit hoch halten, darin liegt die einzige Lösung der vielbestrittenen Frage. Komme ich noch einmal kurz auf beide Ansichten, wie sie in den gegnerischen und beistimmenden Briefen Vertretung gefunden haben, zurück, so hat jede etwas für sich und im Grunde genommen ist doch keine — richtig. Aufklärung über derartige Dinge 10 bis 11jährigen Kindern geben, halte ich für bedenklich, da es ganz entschieden das duftige Band der zartesten Liebe, welches sich um Mutter und Kind schließt, seines poetischen Anstriches beraubt. Den Kindern aber erst sagen, „der Storch habe sie gebracht" und andere derartige Redensarten einzurechnen, ist nicht minder unrichtig. Das kleine Kind in seiner Einfalt wird nicht zunächst fragen: Woher? Sollte es aber doch vorkommen, warum dann nicht sagen: „Der liebe Gott hat es Mama geschenkt?" Das ist wahr und kindlich zugleich. Man spricht ja über so vieles nicht, was den Kleinen erst die Zukunft klar macht, ohne daß dadurch ihr Herz verderbt würde. Man vergesse nur eines nicht: Das Kind, welchem das Stück Holz als Puppe oder der Stock des Vaters als

Reitpferd dient, ist so reich an Phantasie, daß es gerne ein Märchen von dem kleinen Ankömmling, den es in der Regel vom ersten Augenblick an lieb gewonnen hat, hinnimmt, ohne in seiner Wahrheitsliebe erschüttert zu werden. Wer von uns erinnert sich nicht noch heute mit seligem Entzücken der Stunden kindlichen Glaubens, wo der heilige Christ selbst den Christbaum für uns „angeputzt" haben soll. Wenn es den verehrten Lesern ging wie mir, so waren auch sie betrübt, als jene sinnige Unwahrheit von ihnen genommen wurde — ich war dabei 8 Jahre alt geworden — und sie sind trotzdem, daß sie nun eingesehen haben, daß sie „belogen" waren, nicht selbst „Lügner" geworden. Auch mir hat weder Vater noch Mutter Aufklärung gegeben, woher meine kleineren Geschwister gekommen, und ich weiß es ihnen Dank. Ich könnte nunmehr bald selbst Großvater sein, aber mit meiner Mutter spreche ich heute noch nicht von solchen Sachen, das Wort würde mir bei einem Versuch in der Kehle stecken bleiben; aber ich sage heute noch zu ihr in betreffenden Fällen, „der Storch hat etwas Kleines gebracht" oder „er soll etwas Kleines bringen".

Blicken wir unsere Bilder an, die Storchbilder, die Rupprechtbilder u. s. w. Freuen wir uns nicht mit unseren Kindern darüber? Lauschen wir unseren Märchen von Frau Holle u. s. w. nicht mit Wonne? Sind das Lügen? O nein. Laßt uns jede Sache nur in das rechte Gewand kleiden und unsere Kinder werden durchaus nicht verdorben werden. Darum summire ich meine Ansicht dahin: Greift nicht zur Lüge im nackten Gewande, wenn ihr keine Veranlassnng dazu habt; klärt aber auch die prekäre Sache nicht mit nackten Worten auf, weil ihr dadurch des Kindes zarte Seele arg verletzt.

Zufälliger Weise hörte ich die Frage, wer das kleine Brüderchen gebracht habe, einmal an einen Vater richten. Derselbe nahm seinen 8jährigen Burschen zu sich auf's Sopha und sagte: „Als ich so klein war, als Du, hat man mir folgende Geschichte erzählt;" und nun kam die

Geſchichte, vom Storch, der die Kinder aus dem Quickborn zog. Der Knabe war befriedigt, und wie er, werden es ſo viele ſein, die nicht ſchon durch eine falſche Erziehung vorlaut — unkindlich geworden ſind. Hat der Vater gelogen? Nein. Hat er die Wahrheitsliebe des Kindes verletzt? Durchaus nicht. Er hat ein Märchen erzählt, das den Knaben entſchieden mehr intereſſirt hat, als die häßliche Wahrheit, — denn für die zartbeſeitete Seele des Kindes iſt ſie es in dieſem Falle

Es mag genug ſein, was ſchon darüber geſchrieben worden iſt, laßt jeden nun ſeinen Standpunkt feſtſtellen. Angeregt hat entſchieden dieſer Artikel Nr. 5 und auf eine wunde Stelle in unſerer Familienerziehung hingewieſen, auf die vernachläſſigte Wahrhaftigkeit in der Erziehung; darüber laſſe man mich noch einiges ſagen.

Zunächſt möchte ich fragen, was Wahrhaftigkeit iſt. Wir können ſie kurz als die in Thaten umgeſetzte Liebe zur Wahrheit bezeichnen, mit anderen Worten, als die Uebereinſtimmung des Inneren mit dem Aeußeren, des Gedankens mit dem Worte u. ſ. w. Ihre Antipoden ſind Verſchloſſenheit, Verſtellung, Heuchelei, Lüge und Falſchheit.

Dieſe wenigen Worte decken eine Menge Erziehungs-Sünden auf, die um ſo ſchlimmer ſind, als ſie die Eltern gar nicht als ſolche anſehen und ſich auch ſehr ſchwer überzeugen laſſen, daß es ſolche ſind. Einige praktiſche Beiſpiele mögen dazu den Beweis liefern.

Das Kind iſt eines Familienfeſtes halber von der Schule zurückgehalten. — Entſchuldigungsgrund, der von der Mutter ſelbſt angegeben war: „Weil ich ſolche Zahnſchmerzen hatte."

Es erſcheint ein unliebſamer Beſuch. Das Kind erklärt: „Papa iſt nicht zu Hauſe!" Derſelbe hält ſich jedoch verborgen.

Das Kind iſt unvorſichtig und ſtößt ſich an den Tiſch. Sofort ertönt es: „Warte du garſtiger Tiſch! Du haſt mein Kindchen geſtoßen, ſo da haſt du deine Schläge!"

Soll ich sie alle anführen, diese Auskunftsmittelchen, um seine Lieblinge vor Ungemach zu schützen, oder ihnen dasselbe plausibel zu machen? O, es giebt deren noch so unzählige. Aber alle sind geeignet, im Gemüthe des Kindes Gefühle zu erwecken, welche die Wahrheitsliebe zu untergraben im Stande sind.

Seien wir selbst wahrhaft in der Erziehung, dann werden es auch unsere Kinder werden. Als erster Grundsatz gelte: „Machet es Euern Kindern nicht schwer, die Wahrheit zu sagen!" Wo für jedes Vergehen die Ruthe folgt, wo ein finsterer Geist die Kleinen abstößt, sich entschuldigend den Eltern zu nahen, da treiben sie die Eltern zur Lüge und Verstellung. Eine vernünftige Nachsicht walte stets gegen die Fehler und Verirrungen der Kinder — ein Kind ohne Fehler und Verirrungen soll noch geboren werden. Despotismus in der Erziehung führt zur Verstocktheit und Verlogenheit.

Ich bin aber weit entfernt, jener Affenliebe der Eltern das Wort zu reden, die alles übersieht, denn diese kann ebenfalls so demoralisirend einwirken, daß die ganze Lebensrichtung des Kindes in falsche Bahnen gelenkt wird. Leute mit dieser Erziehungsweise lieben die Kinder mit allen ihren Unarten, Fehlern und Mängeln, lassen sie gar zu gern in ihrem kindlichen und kindischen Wesen gewähren und dulden mit einer für den Beobachtenden wahrhaft empörenden Ruhe ihre Ausgelassenheiten und Wildheiten, nehmen womöglich selbst Theil an den rohen Spielen ihrer Lieblinge. Diese Thoren wissen nicht, daß sie den Namen Rabeneltern eher verdienen als irgend einen anderen. So erzogene Kinder werden starrköpfig, eigensinnig, großmäulig u.s.w. Bei solchem Gebahren ist aber zugleich ein Schritt zur Unwahrhaftigkeit gethan. Sie reden in alles und über alles, ohne zu überlegen, was sie sagen. Dadurch lernen sie, es leicht mit der Wahrheit nehmen und gewöhnen sich überhaupt, nicht mehr danach zu fragen, ob sie die Wahrheit sagen. Die Verbreitung falscher Thatsachen ist ja heutzutage allgemein. Ein on dit giebt es nicht mehr. Man urtheilt zu oft aus subjektiven Gründen, weil man dazu erzogen ist, nur sein eigenes Ich zur Geltung zu bringen.

Eine ferner schwerwiegende Versündigung ist es, wenn man die Schuld der Kinder auf andere wälzen läßt. Das Beinkleid ist zerrissen. Der Knabe ist aber weit entfernt, sich der Unvorsichtigkeit anzuklagen. Nein, das Dienstmädchen ist schuld, weil sie ihn nicht ordentlich geführt, oder weil sie ihn gestoßen hat u. a. m. Nie sollte die Mutter so etwas hinnehmen. Der Knabe hat auf sich selbst mit Acht zu geben. Eine besonnene Mutter wird nie solche Entschuldigungen annehmen. „Achte auf Dich selbst!" „Gehe ungezogenen Knaben aus dem Wege!" „Sieh auf Deinen Weg!", das sind die richtigen Antworten auf solche Selbstgerechtigkeit.

Vor allen Dingen aber seien die Eltern selbst wahr. Was die Mutter vor dem Vater verbergen will, sei es ein Geschenk u. s. w., das zeige sie dem Kinde nicht erst, sage auch nicht: Wenn der Vater fragt, was wir gekauft haben, so sagst Du, Du wüßtest es nicht u. s. w. Noch schlimmer wird die Sache, wenn es sich um unerlaubte Dinge handelt.

Ich will diese Betrachtungen nicht fortsetzen, sie sollten keine erschöpfende Abhandlung bilden, sondern nur auf bestehende Mißstände, deren es noch gar viele giebt, hinweisen und anregen. Jede denkende Mutter aber, die es mit ihrem Mutterberufe wirklich ernst nimmt, wird gar bald den richtigen Weg finden.

„Tugenden brauchet der Mann,
Er stürzt sich wagend ins Leben,
Tritt mit dem stärkeren Glück
In den bedenklichen Kampf.
Eine Tugend genügt dem Weib':
Sie ist da, sie erscheinet
Lieblich dem Herzen, dem Aug';
Lieblich erscheine sie stets!"

Kr.

Brief III.

Sehr geehrter Herr! Nur Mangel an Zeit hat mich verhindert, Ihnen sogleich nach Erscheinen Ihres vortrefflichen Artikels in der „Dresdener Frauenzeitung" meinen herzlichsten Dank zu sagen. Sie haben mir und sicher noch unzähligen anderen Müttern aus der Seele gesprochen. Freilich haben sich, wie ich zu meinem Bedauern aus den folgenden Nummern ersehen konnte, auch verschiedene Stimmen in Entrüstung gegen Sie erhoben. Daß Sie diese „Fanatiker der Unschuld" richtig und nach Gebühr beurtheilen, beweist Ihre Entgegnung in Nr. 10 des genannten Blattes, die mich aufrichtig gefreut hat. Vielleicht interessirt Sie und auch die „entrüsteten" Damen folgende selbsterlebte kurze Geschichte einer glücklichen Mutter, der die harmlose Unschuld ihrer Kinder ebenfalls ein köstliches Heiligthum dünkt, die aber die Begriffe von Unschuld und Unwissenheit nicht zu verwechseln pflegt. Von dem Gedanken, dem Sie in Ihrem Artikel so beredten und muthigen Ausdruck gegeben haben, längst erfüllt, waren mein Mann und ich uns darüber einig, unseren Kindern, falls dieselben die gewohnten Fragen: „Woher kommen die kleinen Kinder?" wieder einmal stellen würden, die Wahrheit, soweit sie ihre Fassungskraft nicht übersteigt, nicht länger vorzuenthalten. Als ich nun vor einigen Wochen, von einem Spaziergang heimkehrend, in die Stube trat, sprang mir mein kleiner, zehnjähriger Junge mit strahlendem Gesicht, mit heißen Wangen und geheimnißvollem Lächeln entgegen, umarmte mich stürmisch und flüsterte mir, damit es sein Schwesterchen nicht hören sollte, unter Lachen und Weinen zu: „Mama, Mama, ich weiß jetzt, woher ich gekommen bin!" — Ein Blick auf meinen Mann, der lächelnd daneben stand, belehrte mich, daß dieser dem Knaben die Wahrheit gesagt hatte. Die innige Zärtlichkeit meines Kindes, seine überströmende Dankbarkeit dafür, daß ich mein Leben eingesetzt hatte, um ihm das Leben zu schenken, und der Stolz auf die Erkenntniß der Wahrheit, die er nun mit seinen Eltern theilen durfte — all' das kam so selbstverständlich und natürlich und dabei in seiner Naivetät so rührend zum Ausdruck, daß die Erwartungen, die ich mir von dem Moment gemacht hatte, weit übertroffen wurden. Niemals habe ich das Glück, meine Kinder zu besitzen, so stark und innig empfunden, wie bei diesem Auftritt, der mir stets unvergeßlich sein wird; und ich kann jede Mutter, die in einer falschen Prüderie mit den albernen Storch- oder Wassermann-Märchen — die ihr noch dazu oft doch nicht geglaubt werden — selbst sich um diese hohe, einzige Freude bringt, nur von Herzen bedauern. Ein neues, innigeres Band der Dankbarkeit verknüpft meinen Knaben mit mir — und von schlimmen Folgen der Aufklärung habe ich nichts entdecken können. Seine kindliche Unbefangenheit hat nicht den geringsten Schaden erlitten, und wird ihm, so hoffe ich, noch manches Jahr erhalten bleiben.

Zum Schluß möchte ich Sie, verehrter Herr, der Sie so eindringlich einer guten Sache das Wort geredet haben, an einen Spruch von Goethe erinnern: „Der Irrthum wiederholt sich immerfort in der That; deswegen muß man das Wahre unermüdlich mit Worten wiederholen!" Ich hoffe, Sie werden auch nicht müde werden, das Wahre zu wiederholen.

Mit dankbarem Gruß

Eine wahrheitliebende Mutter (Frau M. St.).

VIII.

Nachwort und weitere Begründung.

(An eine wahrheitsmuthige Mutter und Herrn Nr.)

Sehr geehrte Frau! Beim Lesen Ihres überzeugunggetragenen Briefes an mich in Nr. 11 der „Dr. Frauen-Ztg." sind mir die Thränen in die Augen gekommen. Haben Sie Dank! Sie gaben ein erhebendes Zeugniß der Wirklichkeit dafür, daß unsere gemeinsame Ansicht die richtige ist. Gleichwohl will ich hier offen anerkennen, daß es für würdige Frauen, die in den althergebrachten Anschauungen groß geworden, schwer sein mag mit diesen zu brechen. Alles Gute geht den Weg durch Nacht zum Licht. So vertraue ich denn, daß die meisten Gegnerinnen gemach gerechter über mich urtheilen und zugestehen werden, daß unsre Sache doch eine wohlbegründete, durchaus vernünftige ist. Gleichzeitig mit Ihnen nahm sich derselben Herr Nr. an und zwar in einem wohlgemeinten Aufsatze, der klare Definitionen und hübsche Beispiele enthält. Um so mehr dürfte die Gemüther das Irrthümliche darin gefangen nehmen. Es aufzudecken scheint mir daher dringend geboten. Der Charakter des Aufsatzes gemahnte mich unwillkürlich an den Titel — der Inhalt thut nichts zur Sache — einer Schrift von D. F. Strauß. „Die Ganzen und die Halben." Die, zwar mehr gewollte als wirklich herbeigeführte Vermittlung beider Gegensätze kommt mir nämlich fast bedenklicher vor als die volle Gegnerschaft. Nr. schreibt: Jemand sagt dem fragenden Kinde: „Als ich so alt war wie Du, hat man mir erzählt" ... Nun kommt die alte Geschichte, die in Form einer nicht eigenen Antwort ertheilt, leicht des klugen Kindes 2. (zweifelnde) Frage erregen kann: „Weshalb, Mama,

giebſt Du mir nicht Deine Meinung, ſondern eine Dir
erzählte Geſchichte?" Dieſe ſoll nun als Märchen zwar
keine Wahrheit, aber auch keine Unwahrheit ſein, weil
ein Erzählungs=Märchen ja auch keine ſei. Hier
haben wir den Irrthum. Es wird nicht unterſchieden
zwiſchen dem Täuſchungs=Märchen und dem, den Begriff
Unwahrheit ausſchließenden eigentlichen Märchen, das
Selbſtzweck iſt und Gemüth und Fantaſie nähren und
bilden, das erfreuen will. Man ſagt ja auch:
„Binde mir kein Märchen auf!" d. h. lüge nicht! Dies
Täuſchungs=Märchen hat keinen Selbſtzweck, ſondern die
Tendenz, den Verſtand über eine als unangenehm
empfundene ſachliche Wahrheit hinwegzutäuſchen und von
ihr abzuziehen. Es ſcheint mir berechtigt und verzeihlich
nur dann, wenn es zur rechten Zeit eine ſpätere Be=
richtigung erfährt. Geſchieht das nicht, könnte jenes
vielleicht für poetiſch gehaltene Täuſchungs= und Laisser-
aller-Verfahren nur etwa beſagen: „In allem, mein Kind,
leite und belehre ich Dich gern, nur in dieſer ernſten,
ſchwierigen Frage kann, nein, will ich Dir nicht zur
Seite ſtehen. Schwimm ſelber!" — könnte es für das
Gefühl des Kindes leicht den Punkt bedeuten, wo die
elterliche Liebe aufhört. Alle ſind ſich einig darüber,
daß das Schwierige auch am meiſten Vorbereitung
erfordere, und grade hier ſieht man verblendeterweiſe von
jeder Vorbereitung ab! Denn weſſen Beherrſchung ver=
langt eine ſo ſolide Grundlage, ſo viel Selbſtzucht,
Ernſt und Einſicht als die der natürlichen Todesfurcht
und des Geſchlechtstriebes? Und dieſe ſichre Grund=
lage zu geben ſollten Eltern nicht für ihre Pflicht halten
müſſen? Es ſollte die Vorbereitung auf eine mit Noth=
wendigkeit ſich einmal einſtellende Erkenntniß ſich nicht
ſehr wohl mit der natürlichen Scham vereinen laſſen?
Sich unterhalten „von ſowas", wie viele ſich aus=
drücken, werden Eltern und Kinder und auch nicht ein=
mal Geſchwiſter, gewiß nicht, iſt auch ganz unnöthig.
Aber aus ſittlichen Gründen und im Ernſt der Noth=

wendigkeit über sexuelle Dinge sprechen, dies sollte schamlos oder auch nur unschön sein." Ich glaub's nicht. Als ich Zwölfjähriger eine Mutter einst in Gegenwart ihrer Tochter und deren Bräutigam sagen hörte: „Ich hoffe, daß ich einst an Euren Kindern Freude erleben werde," und als ich als Knabe las, wie ein Bruder die geschiedene Schwester tröstete mit den Worten: „Glaub mir, er sah in Dir nur das Weib!" kam mir dies fast feierlich und nichts weniger als reizend vor. Und weshalb denn das Kindesgemüth mit oft so ängstlich gehüteten Täuschungen hinhalten und schließlich sich selbst überlassen? Weshalb neugiergetriebene, fragende oder forschende Kinder der Unart zeihen und wohl gar abstrafen, wie alsdann aufgeregte, kurzsichtige Mütter oft thun, anstatt liebevoll die natürliche Wißbegier in rechte Bahnen zu lenken und nicht zu unterdrücken?

Nr. sagt, weil durch eine Nichttäuschung, durch eine mehr oder weniger wahrheitsgemäße Antwort 1. die Einfalt leiden und 2. das zarte Band zwischen Eltern und Kindern seines poetischen Anstrichs beraubt werden würde. Zuweilen mag letzteres der Fall sein, für die Regel kaum. Woher nun solche, im Verlauf der Auseinandersetzung als irrthümlich zu erweisende Meinungen? Daher, daß die Gegner von ihrem Vorstellen und Wissen, d. h. von sich auf das Kind schließen, indem sie ihre eigene einstige optimistische Kinderauffassung und Harmlosigkeit vergessen haben und glauben oder so urtheilen, als müsse das Kind die ihm dem Wesen nach ganz oder mehr oder weniger unbekannte Sache in demselben Sinne auffassen und in demselben Lichte sehen wie sie, die Eltern, die ihnen bekannte Sache.

Urtheilsfähig scheint hier also nur derjenige, der sich noch vergegenwärtigen kann, wie er als Kind in dieser Beziehung gedacht und empfunden hat.

Es stellen sich die Gegner zu dieser Frage wirklich ganz so wie zur Genußmittel= und Alkohol=Frage, die sie sprechen läßt: „Branntwein, starke Biere, Kaffee, Gewürze, pikante Speisen u. dgl. kennen wir als schädlich oder doch als nicht eben gesundheitfördernd; dennoch ge= nießen wir sie, vorenthalten sie aber mit Recht Kindern möglichst lange." Diese sträuben sich ursprünglich denn auch dagegen. Ganz ähnlich so rein ist nun auch ihr geistiger Geschmack. Man braucht ihnen conkret faßliche Dinge nur als schön und ehrwürdig zu zeigen oder zu schildern, so nehmen sie diese auch so auf. Um so mehr den Inhalt einer Frage, der das naive Kind noch unbefangen, vielleicht indifferent gegenübersteht. Diesen Inhalt kann dasselbe nur so auffassen, wie er ihm dargestellt wird, d. h. schön und ernst, wenn er ihm so gegeben wird, und unschön und im reizenden, unsittlichen Sinne, wenn es so durch die Welt von ihm erfährt. Natur, Krankheit, Spielzeug u. s. w. bieten genug Anknüpfungspunkte und Analogien für die aufzuklärende Sache.

Und wer gewahrt denn auch nicht, daß dem Kinde in dessen Naivetät zunächst alles harmlos, gut und schön erscheint, und es dem „Bös" anfangs nur Unglauben entgegensetzt? Zu diesem Begriff kommt's, wird er ihm nicht aufgezwungen, erst langsam: entweder durch andere, oder es identificirt ihn mit „unangenehm." Wo in aller Welt sollte vollends etwas seinem Wesen nach schwer zu Begreifendes dem harmlosen Kinde dann als „bös" erscheinen, wenn es von liebenden und geliebten Eltern darauf hingewiesen und darüber belehrt wird? Und endlich die Hauptsache: Handelt's sich denn über= haupt in erster Linie darum, daß das Kind eine sachlich streng richtige Erkenntniß gewinne? Unsinn! Die Gegnerinnen unterstellen uns das nur. So schreibt eine: „Womöglich mit einem medicinischen Leitfaden

in der Hand, damit ja völlige Klarheit in die Kindes=
seele komme."

Scheint mir's auch gewiß von großem Werthe, daß
man Kinder hier nicht mit Unwahrheiten abspeise und
sie nicht mit Weichlichkeiten und künstlichen Unschulds=
Idealen erfülle, welche, weil die Wirklichkeit sie zer=
stören muß, den Eintritt in's Leben nur erschweren,
so ist der Frage Lösung doch:

1. eine negative: Wie bewahrt man Kinder
   vor falscher, zur Unsittlichkeit führender
   Auffassung der Frage? und

2. eine positive: Wie ist durch liebevolle Be=
   lehrung und Vorbereitung auf die Wahr=
   heit der Grundstein für sittlichen Lebens=
   ernst zu legen und gleichzeitig das Band der
   Zusammengehörigkeit zwischen Eltern und
   Kindern zu festigen durch Erregung des Dank=
   barkeitsgefühls?

Der Auffassung soll eine für's ganze Leben
bleibende sittliche Richtung gegeben werden. Die streng
wahrheitsrichtige Aufklärung selbst ist erst in zweiter
oder dritter Reihe wichtig. Nr. stellt eine gewiß schöne,
nur zu billigende Forderung auf: „Wahrhaftigkeit unter
Bewahrung der Einfalt", aber er zeigt nicht, wie er
praktisch denn diese durchführt, während ich, wie ich
wenigstens glaube, psychologisch und beispielshaft dar=
thue und beweise, daß Wahrhaftigkeit im Allgemeinen
die Einfalt hier nicht nur nicht beeinträchtige, sondern
sie sogar festige, und das auf einem Wege, der grad=
wegs zur Ueberwindung der drohenden Gefahr führt.
Welches Ziel steht höher: Sieg über die Gefahr in
Gestalt von anerzogener Selbstbeherrschung, oder stete, nicht
einmal immer mögliche Vermeidung der Gefahr?

Ich bin für's erstere; unsere ängstlich täuschenden Mütter aber arbeiten für's andere Ziel.

Welche Gründe liegen denn nun den Täuschungs-Märchen überhaupt zu Grunde? 1. Man möchte sich um die als häßlich angesehene und als unangenehm empfundene Wahrheit herumdrücken, 2. von ihr ablenken, 3. man will eine im Geiste der Sittlichkeit thunlichst schöne Vorstellung im Kinde erzeugen.

Und dies letztere sollte bei einer Antwort, die mehr oder weniger im Sinne der Wahrheit, nicht möglich sein? Das Kind glaubt — und wie leicht ist's oft zum Glauben zu bringen! — daß ein Gott im Himmel lebt, daß Unart Verderben schafft und häßlich sei, und es sollte nicht glauben, daß es eine ehrfurchterweckende Sache sei, daß es den Eltern selber sein Leben verdanke?

Die wirkliche kindliche Einfalt kann also bei einer ernsten Aufklärung nicht wohl Schaden erleiden. Wo sie's aber kann, da ist schon etwas Verderbniß oder doch eigene reizhafte Erkenntniß vorhanden, und scheint's alsdann hohe Zeit, weiterer Verderbniß durch liebevolle Leitung vorzubeugen. So muß man sogar zu dem Schluß kommen: Ein „zu früh" ist hier weniger bedenklich, als ein „zu spät". Denn je früher, je nachdrücklicher wird der guten Auffassung vorgearbeitet, weil dann ja noch keine verderblichen Vorstellungen wegzuräumen sind. Das aber von diesen schon eingenommene und von Eltern liebevoll auf sie aufmerksam gemachte Kind schämt sich und wird so noch am ehesten empfänglich für sittlichen Ernst. Sittlichkeits-Vereine und Bestrebungen aller Art giebt's heut. Sie sind ein gutes Zugpflaster für das fragliche Geschwür, aber auch kaum mehr. Was nun ist wichtiger: Heilen oder Vorbeugen? Wo keine kranken Säfte, da auch kein Geschwür. Unsittliche Vorstellungen und Gedanken sind die wahre Saat der Unsittlichkeit. Darum Eltern, sorgt, zum Theil wenigstens könnt ihr's, für reine, den Lebensernst fördernde Vorstellungen so früh als möglich! Dann werden wir für Sittlichkeitsbestrebungen weniger Zeit, Geld und Kraft aufwenden brauchen und ein Geschlecht heranziehen, das mehr geistig lebt. Man sieht, wie auch social höchst bedeutsam diese Frage ist. Und andererseits ferner! Welchen großen Werth es praktisch und ökonomisch für den Einzelnen und folgedessen auch für die Gesammtheit hat, ein Naturgesetz wie das fragliche, und besonders das, ja auch hier wirksame, der Ursache und Wirkung, im sittlichen und selbsterzieherischen Sinne zu beherrschen, das erhellt einfach schon daraus, daß gar viele, die nur recht wenig gelernt haben, die dafür aber Selbsterkenntniß, Selbstbeherrschung und recht ausgebildete tüchtige Charaktereigenschaften besitzen, ebenso gut, ja meist noch viel besser, durch's Leben kommen als wissenschaftlich gebildete aber charakterschwache Menschen. Wie viel Tausende gehen bei den besten Geistesgaben zu Grunde, nur weil ihnen die sittliche Willenskraft und der Widerwille gegen das Sklaventhum der Sinne fehlen. Die spartanischen Knaben mußten sich an gewissen Staatsfesten öffentlich in Ueberwindung von Körperschmerzen üben. Wie viel mehr scheint's angezeigt, einem solchem Triebe, wie dem in Rede stehenden, früh durch rechte Auffassung und dann durch Einsicht und Selbstzucht einen Zügel anzulegen!

Was ein Haken werden will, krümmt sich bei Zeiten. So werden durchschnittlich wenigstens auch die Kinder, welche früh Taschengeld erhalten und von der Bedeutung des Geldes lediglich als Mittel einen Begriff bekommen, viel weniger leicht Verschwender als die, welche man in künstlicher Unschuld recht lange vom Gebrauch des korrumpirenden Mammon fern hält. Zu spät mit ihm bekannt geworden, nehmen sie leicht das Mittel für den Zweck, d. h. sie werden rechnerisch und gewinnsüchtig. Denn je älter, je weniger neigt man meist einer idealen und nicht-pessimistischen Auffassung zu.

Eine lehrreiche, meine Ansicht bestätigende Parallele also. Des großen Kommenius Wort: „Das sei das Unglück in der Welt, daß die Menschen alles zufällige Gut für ein wesentliches, die Wanderung für das Vaterland, Weg und Mittel für das Ziel halten," findet so auch hier Anwendung. Sieht man gegnerischerseits das Mittel (die Reizempfindung) doch hier auch als Zweck und Wesen der Sache an und macht folgedessen ein Naturgesetz zum „Gift an sich", weil es durch Mißbrauch dazu werden kann. Mit gleichem Recht vielleicht könnte man Obst verbieten, weil es, wenn faul oder unreif genossen, krank zu machen geeignet ist. Ein Bedenken, Kinder im Alter von 9—11 Jahren aufzuklären, muß mir also vorkommen als sagte man: „Warten wir noch, bis das Kind den geistigen Alkohol vertragen kann!"

Man heirathet ziemlich häufig in der von einer Gegnerin brieflich ehrlicherweise selbst zugestandenen, freilich wohl mehr gefühlshaften Vorstellung: „Keine Rosen ohne Dornen." Die Rosen sind das Liebesglück und die Dornen, das sind die Kinder. Was für eine Moral ergiebt sich nun aber, wenn man nach diesem Gefühls=Codex von (den Eltern) Angenehm und Unangenehm die Kinder erzieht? Eben jene Praxis des laisser aller und der bequemlichen, althergebrachten, fast schon formelhaften Täuschung, die ich bekämpfe und welche die Gegner als sittlich hinstellen. Es will mir nun zwar keineswegs so verdammlich und tadelnswerth, vielmehr sogar ganz natürlich erscheinen, daß man thatsächlich gewöhnlich heirathet mehr aus jenem liebeshaften Egoismus, der in erster Linie das eigne Glück ertrachtet, als in der Absicht, um der Erhaltung der Gattung willen dem fraglichen Naturgesetz zu dienen und Kinder großzuziehen.

Halt! rufen da die Gegner: „Sagt ihr dem fragenden Kinde, die Mutter habe ihr Leben eingesetzt um ihres Kindes willen, d. h. sie habe spontaner und vorwissentlicher Weise ihr Leben gewagt, so täuscht ihr ja auch."

Ich meine, sie dürften höchstens sagen, wir übertreiben und idealisiren; und wir thun dies, weil das Kind nur so die Sache versteht oder eben diese Darstellung die eigentlich oder vornehmlich wirkungsvolle ist, da sie am meisten das pathologische Gefühlsleben im Kinde rege macht und zugleich dessen Dankbarkeit erweckt; wir thun dies endlich nicht in der Absicht zu täuschen und uns, wie die Laisser-aller-Eltern die Sache bequem zu machen, sondern um der sittlichen Auffassung um so sicherer Bahn zu brechen und dem Kinde den späteren Uebergang zur reinen Wirklichkeit zu erleichtern, ihn zu einem nicht=sprunghaften und nicht=schlüpfrigen zu machen. Aber zugegeben, wir täuschten und dienten mit unserer Theorie auch der Unwahrhaftigkeit, so frage ich: „Welche Unwahrhaftigkeit steht der Wahrheit näher, die der Ge= dankenlosigkeit und dem hergebrachten Schablonenthum entsprungene der Gegner oder unsere, der wohlgemeinten Uebertreibung entstammende? Ich meine, die Antwort kann nicht Schwanken erregen. Dazu kommt, daß die Täuschung der Uebertreibung die Autorität der Eltern zu erhöhen viel eher und mehr geeignet ist als die Märchen=Täuschung. Hier frage ich nun weiter: „Welche Täuschung muß dem herangereiften Kinde später ehrwür= diger, wenn man will berechtigter und verzeihlicher er= scheinen, die märchenhafte oder die aus Selbstüberwindung hervorgegangene, dem elterlichen Herzen gleichsam ab= gerungene? Die Antwort muß wieder zu unseren Gunsten lauten. Es will mir scheinen, daß, wenn unsere Gegner sagen: „Wir wissen es unseren Eltern Dank, daß sie uns die Wahrheit märchenhaft verhüllten," sie nicht das Bewußtsein, geschweige denn den Beweis haben, daß sie durch die interessante Erzählung auch nur im mindesten fürs Leben eine sittliche Grundlage gewannen. In Wahrheit, glaube ich, danken sie den Eltern hier nicht viel mehr oder nichts weiter als eine hübsche Erinnerung, aber keinen eigentlich erhebenden, dem Gemüth eine Richtung gebenden Eindruck.

Das zarte Band zwischen Eltern und Kindern endlich ganz durch Aufklärung seines **poetischen** Anstrichs beraubt wie Nr. meint! — Ist denn Poesie nur Fantasiespiel, etwas nur in der Einbildung, nicht auch in der Wirklichkeit Existirendes? Nur als ein Gegensatz zum Leben, gleichsam als eine über dem Erdendasein schwebende Wolke, als etwas rein Künstliches blos, das imgrunde nur dem geistigen Luxus zu dienen habe, wär' sie aufzufassen? Ich wenigstens verneine das. Schon der Wortsinn spricht ja dagegen; denn Poesie leitet sich her von „poiein (griechisch) thun", und „thun und dichten" ist nicht von ungefähr eine Begriffsverbindung. Das ganz Alltägliche, ja selbst das Unschöne kann eine poetische Auffassung und Handlungsart schön machen, verklären. Wenn ich z. B. mein Bild einem geliebten Wesen nicht direct gebe, sondern es ihm beim Fortgehen heimlich hinter eine Blumenvase stelle, damit es dasselbe in meiner Abwesenheit finde und an mich denke; wenn ich ferner gewahre, wie hoch oben in einem Erkerstübchen der Christbaum brennt und unten vor der Hausthür der Leichenwagen hält, während über die unter meinen Füßen knisternde Schneefläche durch graue Wolkenstreifen eben der Vollmond bricht: so liegt in dem ungemachten Empfinden dieser Contraste der Erscheinungen und in jenem meinem Thun — Poesie. Diese kann also nicht lediglich nur bestehen in einem bloßen Sichvorfantasiren und in Märchenvorstellungen. Und darin, daß eine **Mutter** durch ihr berufshaftes Leiden dem Kinde Leben giebt, und nicht ein Vogel- oder Fabelwesen, für die das Kind Liebe zu fühlen nicht vermag; darin, daß beide geliebte Eltern, nicht ein Teich oder Wolkenkukucksheim die Ursache seines Daseins sind, darin sollte keine Poesie liegen können?

Unmöglich! Für die Denkweise der Erwachsenen — und ich behaupte auch nur für die Mehrzahl — ist die Sache wohl prekär und die Wahrheit häßlich, für die Kindesauffassung kaum, oder doch dann nicht, wenn man sie von der schönen, erhebenden Seite darstellt. Eine solche aber läßt sich mehr oder weniger ja auch der wirklich häßlichen Sache abgewinnen. Und wer würde wohl so thöricht sein, hier dem Kinde Abschreckendes, Nackt=Häßliches oder Unfaßliches zu bieten? Aber mehr! Irgend wann muß die Täuschung ein Ende haben. Von da ab inscenirt sich dann in dieser Beziehung eine Art Versteck= spiel zwischen Kind und Eltern, und das Glück des kurzen, künstlichen und auch nur vermeintlichen Poesieverhältnisses ist, so oft wenigstens, erkauft worden durch Zerstörung eines bisherigen Zusammengehörigkeitsgefühls. Man steht sich von nun ab in dieser Frage **fremd** gegenüber. Das Schlimmste jedoch ist: **die täuschungsbegeisterten Eltern haben selbst ihr Kind zur Heimlichkeitsthuerei gedrängt.** Welch ein starkes Zusammengehörigkeits= gefühl erwächst andrerseits aber, wenn auch in dieser Beziehung das Kind vonhausaus sich Eins weiß mit den Eltern und gewohnt ist ihnen nichts zu verbergen! Bei derberen Landleuten und Kleinstädtern sind Familienbande ja so oft stärker als in Kreisen der Halbbildung und des conventionellen Gesellschaftszwanges. Sich noch mehr von der erzieherischen Irrigkeit der Meinung-Mr's und der Gegner zu überzeugen, empfehle ich die Lektüre der G. Keller'schen Musternovelle; „Frau Regula Amrein und ihr Jüngster." Diese Frau voll kerngesunden Lebens giebt ihrem Sohne die Dinge selbst und nicht deren Widerschein und Schatten; sie läßt unbesorgt die Folgen eignen Vorstellens und Thuns des Kindes auf dasselbe wirken, es dadurch am sichersten vor Fehltritten bewahrend. Die meisten Gegnerinnen, so hoffe ich nun, werden das Vernünftige und zugleich Sittlich=Schöne des Aufklärungs= und Nichtverhüllungs=Verfahrens endlich einsehen. Den Vereinzelten jedoch, die mich durchaus beschimpfen wollen, entgegne ich mit dem Wort meines hochverehrten O. von Leixner: „Wer heutzutage der Wahrheit dienen will, der muß eine Elephantenhaut haben" und mit dem oft auf Frauencharactere bezogenen Wort des feinsinnigen römischen Epikers Ovidius: „quamvis sint sub aqua, (nämlich die Frösche) sub aqua maledicere temptant" (schmähen sie doch). Heil aber dem Gatten, der eine so treffliche Gattin errungen wie Sie, eine zweite Regula Amrein!

Mit deutschem Gruß und Kampfesmuth

Karl Theodor Schulz.